文芸社セレクション

子供の頃から身につけたい実行力

～日常生活の気づきで築く～

アイ・ソーハツ

文芸社

はじめに

ご存じのように、日本は１８５８年の「日米修好通商条約」の締結で２００年以上続いた鎖国政策から抜け出しました。以降、世界との関わりが急速に増えて日々の衣食住を始めあらゆる産業を通して貿易大国となりました。また、観光や各種文化交流なども国の発展に欠かせない位置づけになっています。

今、その世界では人口は増加傾向を辿っており、２０２２年末には80億人を超えましたが、伴って、貧困や飢餓、人種、温暖化問題など負の側面も増大し、このような環境問題を世界のみんなで解決しようとする取り組み「ＳＤＧｓ」の活動も始まりました。

今やみなさんの活動域は無限に広がりつつあります。

そんな次世代を担うみなさんには、これまでとは異なる思考や実行力も期待されます。

「三つ子の魂百まで」と、いう諺《ことわざ》があります。また、人の性格は遺伝や家庭環境、友人や先生、そして社会生活を営みながら様々な影響を受けて「それぞれの人に成長」していくとも言われます。

いずれにしても、80億人の関わりの中で大勢に流されることなく、志をもって自律的に進化していきたいですね。

ある小学生のクラスで友達との会話の少ない女の子がおり、気になっていた他の女の子は毎日挨拶をすることにしました。するといつの間にか、無口の女の子からも挨拶されるようになり、やがてみんなと会話をするようになりました。

無口だった女の子に聞くと〝楽しそうな会話にどうして入っていけば良いか？　分からなかった〟そうです。その後、無口な女の子は人との関わり方も上手になり、見違えるほど積極的な人に変身しました。

このように誰かが差し伸べたチョットした手が、他者の人生を大きく変える入り口になることがありますよね。


猿の一頭が芋を洗って食べていましたが、他の仲間の猿からは見向きもされず、単独行動でした。しかし、続けているうちに、同じ行動をとる猿が、一頭、二頭と徐々に増え、次第に群れ（団体）の行動に変わっていきました。これは、ライアル・ワトソンの生命の潮流《ちょうりゅう》で述べられている「百匹目の猿」現象と言います。

ちなみに、宮崎県串間市幸島に生息するサルは、芋を洗って食べたり、海水浴をしたりと、文化度の高い習性を持っているようです。

多感で好奇心の強いみなさん達は、純粋な心で初めてのことへの挑戦。何かに集中したい。自分を試してみたい。自分だけでなんとか……などと、前向きで行動的な時期でもあると思いますが、反面、その心が強いほど未経験な分野にも遭遇し、迷路に迷い込み、考え込んだり、悩んだりすることも少なくないと思います。

「若い時の苦労は買ってでもせよ」とありますが、苦労が挫折を生みトラウマになって消極的な考えにつながるようでは、折角の志も真逆な方向へと進み兼ねません。

そのような時、これまでに幾多の苦難を乗り越えてきた先人の体験や名言、格言、事例などが、琴線に触れたり解決のヒントにもなったり……と、あなたの志を後押ししてくれるのではないでしょうか。

そこでの気づきやキッカケが様々な困難を乗り切れる「しなやかでたくましい心」の持ち主へと成長する最初の一歩にもなると思います。


この小文は、育った環境や時代背景の異なる三世代が感じたこと、意見交換したこと、そして、第一線で活躍する指導者の目に映ったことなどを「七つの視点」から纏めた考え方や事例です。

「習慣化する」「視野を広げる」「計画的に行う」「グループの中で活躍する」「素敵な会話をする」「良い判断をする」「自分から行動する」と、いった日常生活の中で培われるようなことですが、子供の頃から触れておきたい実行力強化のための糸口でもあります。

なお、掲載したそれぞれの小文は、長年に亘っての気づきを再編集したものもあり、少し古い事例などもあるかと思います。今はどうなの？　……と、いったような眼でも見ていただき比較されるのも良いかと思います。

また、それぞれの小文につながりはありません。どこからでも、興味のありそうなキーワードを拾い読みすることも可能ですが……、友達とのおしゃべりタイムの話題として、また、家族団らんの話題として、子供達の意見を聴いたり……、いろいろな方とカンカンガクガク議論していただければ、更に、視野や思考そして気づきなどが一層広がるように思います。

目次

第2章 視野を広げよう……39

第3章 計画的に進めよう……57

第4章　グループで活動しよう……79

第7章

第1章　気づいて習慣化しよう

「考えなさい、調査し、探求し、問いかけ、熟考するのです」

これは、子供から大人まで人気のあるディズニーランドを創業した人の成功のための格言です。

「×××のようにありたいなー」と、思う心を実現するためには、関連することを広く捉え、日々意識して（関心を持って）、メモしたり、調べたり、議論したり、練習したり……を、習慣化することが何よりも大切です。

その過程での新しい出会いにも〝何だろう？　面白そう！〟と、いったような興味の目で見れば、新たな気づきも一段と多くなるでしょう。

チャンスを取り込む心の準備

チャンスは、誰にでも平等にあると信じます。

しかし、そのための「心の準備」が、できていなければ折角《せっかく》のチャンスも摑めません。

心の準備とは？　漠然とではなく「ありたい姿のイメージを持って、その目的、目標に向けて日々努力している状態」を、いいます。

そのような前向きな姿勢が「問題意識を高め、関連したことに敏感に反応」させます。また、そのような行動に対して周囲の目も「協力や支援といったような追い風」となり、実現への後押しなども感じられるようになります。

そのありたい姿は「その時々において一番大切と感じること」であり、一途に持ち続けることも、年齢や経験などと共に変化することもあります。また、ありたい姿が同じでも、人それぞれに立場や実現方法が異なり、結果として満足できるレベルも、そこまでの到達時間も同じとは限りません。

そして、その姿は、他者と比較するものでもなく、勝ち負けを競うものでもありません。

それぞれが生涯を通して自分形成のために持ち続ける心の拠り所です。それだけにシッカリとした信念をもって臨《のぞ》まなければその時々のブームに流される人生となります。

「後悔先に立たず」と、ならないように！

運もあるが……

人生には本人の努力では説明ができないような「運」もあるようですが、「強運の人」と言われる人の共通点は「目標を持って頑張っている人」とも、言えるようです。

今の長崎県、平戸藩主の松浦静山の言葉に「勝ちに不思議の勝ちあり、負けに不思議の負けなし」と、あります。その意味は「運」は「勝ち」の場合にのみ言えて「負け」には、「運ではなく必ず負けに至った理由」がある。との、ことです。

負けた（目標などが達成されなかった）時に、運が悪かった（無かった）と片づけるのではなく、必ず負けた原因を分析して次に活かすように心がけてください。

3者の連携

（事例1）小学生の女の子は、宿題を忘れたことが無い……と、言っていました。

学校から帰ると、先ずは机について、今日のノートを見るそうです。宿題は勿論ですが、明日の予定を見て教科書を揃え、予習もするとのことです。

そして、結果を母親に伝えることを日課にしていました。

（事例2）ある塾の先生は、生徒の性格などを見て個別に宿題を与えるそうです。簡単なことでも良いから成功体験をさせる。それを繰り返し、できたら褒め、次は少しテーマを大きくしていくそうです。

成功体験が、自己肯定感を高め積極的人間に変身すると言っていました。

最近、横浜市のある高校では自己肯定感を高めるための授業を開始したそうです。


（事例3）ある先生は、宿題は翌日の授業に必ずつなげて必要感を持たせ、忘れた生徒には、その理由と次にどうするかを考えさせるそうです。

また、宿題帳には、必ずシールやスタンプと共に励ましの言葉を添えて、やる気につなげることを毎日のルーチンにするそうです。


最近の子供達は、部活や習い事なども あり大変忙しいようですが、帰宅後、日に一度は、ゆっくりと机に向かいたいですね。また、宿題だけではなく、復習や予習などに時間を割き、家族の団らん時には今日の出来事などを話題に会話することなどを習慣化すれば……、一日の良い締め括りと明日へのやる気になりそうですね。

当事者と先生、そして家族の連携……、いずれも欠かせません。

多くの成功者は「規則正しい生活の上に、森羅万象《しんらばんしょう》に知的好奇心や探求心、研究心を持って、誰かのためになることに精進することが大事」と、言っています。

明日の存在感のために……


折角の良い意見や提案なども、上位者によって潰《つぶ》されることが少なくありません。提案の実現性を高め支援するような前向きなアドバイスよりも、その件に熟知しているかのように問題提起をすることで、自分の存在感？　を示すような言動です。

親が子供に、兄が妹に、先輩が後輩に……話すような時に経験がありませんか？

更に実行時にはその責任を避け、何か「事」が起こってから、火消し役に回って手柄とするような行動も少なくありません。

一番は、何か起こった時に真っ先に火消しに回る人。次は、何もしない人。三番目が、問題が起こらないように努力した人……これは、どこかのお役所の出世の順番と聞いたことがあります……が、今はどうでしょうか？

みなさん自身や所属するグループで「明日の存在感を高める」ために、日々どのようなことを心がけていますか？　積極的に発言していますか？　改善提案や連絡とか会話が多いですか？　その結果、勉強や作業の効率が上がっていますか？　問題は起こっていませんか？

このように現状に甘んじることなく、日常的に自問したり会話し必要な措置が採られていけばグループの健全な発展となり、その結果は努力を重ねたみなさんにも跳ね返ってきますよ。

その気にさせる

本来あるべき順序とは思えません……が、日本におけるビジネス成立の条件は、第一番目が人脈、二番目が互恵、三番目が商品力などと言われ、その傾向も感じられます。

望ましくは、第一番目が商品力（技術又はブランド力）であり、それを高めるために、普段からお客様のニーズ（既存のモノに対する要求）を確認し、市場のシーズ（潜在的な欲求）を掘り起こしながら商品力を高めるようなアプローチが必要不可欠となります。

その一つとして、ＡＩＤＭＡの法則があります。

Ａ（Attention）　注意を引きつける。

Ｉ（Interest）　興味を起こさせる。

Ｄ（Desire）　欲しがらせる。

Ｍ（Memory）　記憶させる・心に刻ませる。

Ａ（Action）　行動させる・買わせる。

これは、消費者の心を摑んで購入に至るまでの一連の流れですが、他の場面でも考えられます。

例えば、学校で部活の面白さを伝える。考え方の賛同者を増やす。そして自らを動機づける……など、様々な行動に共通する基本的な動作とも言えそうです。

日々意識して行動したいですね。

何でも個性？

これまでの形を重んじるような地味なリーダーの下では均一化された組織（グループ）にはなりやすいですが、逆に、個性あるメンバーが秘めた様々な能力をフルに活かした組織力にはなり難くなります。

新しいパラダイム（その時々のモノの考え方や価値観など）が次々に誕生している今は、それぞれの個性を活かし、カリスマ的に育てながら、新しい価値の創造につなげることが重要となってきます。

しかし、倫理観の欠如や興味のあるもの以外には淡々として過ごし、周囲に対して無関心、無気力、さらには現実離れ？　した、自分探しなどの行動とは違います。

個性とは「特徴や特有の性質、パーソナリティー」などと、ありますが、現実の場面では、それが必要とされる環境か？　認められる場所か否か？　といったような他と共存するための心がけも必要かと思います。

求められる個性は、そこにある規範や物差し、慣習、及び環境などに許容される中で、何か際立った価値や新鮮さ、美しさ、魅力などを与えるような能力であり、かつ不変ではなく、自己成長や周囲の変化と共に変わるものではないでしょうか？　また、生涯をかけて磨きをかけていくものと考えます。

受け入れる側にしてもそのような視点に立って、一律的ではなく個々人を見て適切な動機付けと活躍の場を提供し、貢献内容を明確にし、その気にさせることが個性を引き出し、活かし、育てることになります。

人間力はバランスが大事

社会生活を営む上において欠かせない「人間力」の基本は、学んで得る「知識」と、その豊富な知識を活かして正しい方向に導く判断力「見識」、そして実践《じっせん》する行動力「胆力」であり、そのバランスが保ててこそ、より良い判断に基づく行動ができるようになります。

知識偏重でも、根拠なしの行動力でも……望ましい結果につながらず、相手が受け入れ難くなるのではないでしょうか？

人の成長に欠かせない栄養素の摂取と同様に、この人間力も一定ではなく、年齢や立場々での義務、責任に応じて、バランスのとれた補給・高度化が常に必要です。

できる人は多くの引き出しを持っている

一つ目の引き出しは、豊富な「話題や語彙力《ごいりょく》」です。その差は、思考力や説得力を左右し、諸活動に取り組む姿勢にも著しく影響してきます。

（事例）これまでに経験の無い大きなプロジェクト活動が始まり、様々な知識や技術の保有者が各地から多く集まってきました。

リーダーは組織活動を纏めるために、朝礼で関連した事例や適切な話題を分かりやすく伝え、メンバーの協力関係を高めていました。

リーダーにどうしてそのような適切な話が毎日できるか？　と、聞くと、メンバーや活動に興味を持つと、〝いろいろと浮かんでくる〟とのことでした。

普段から多くの情報に触れること。分からないことは調べる。そして使いこなすこと。とも言っていました。

二つ目は、より客観的な判断をするための数値を多く持っていることです。例えば、対ドル交換レートが、１５０円／ドルの時、円は安いのでしょうか？　高いのでしょうか？比較する基準が無ければ判断できませんね。また、立場によっても感じ方も変わりますね。より正しい判断ができれば、リスクも軽減できるし、たとえ思惑が外れても被害は小さくて済み、納得も、次回へのリカバリーも可能になります。

三つ目が広い人脈です。何をするにしても一人の力には限界があります。知恵を借りることや緊急時に助けをお願いできる人がいれば、可能性は無限大に広がります。

海外留学の大きな目的の一つに「グローバルに人脈を作る」ことがあるようです。

知ることは楽しい

「拙《せつ》を養《やしな》い大愚《だいぐ》に到《いた》る」とは、「自分の愚《おろ》かさを養えば養うほど、自分の愚かさを知る」と、いう意味です。

「実るほどに頭を垂れる稲穂かな」と、意味はよく似ています。

立派な人ほど謙虚です。何歳になっても、いかなる立場になっても、その場にふさわしい勉強をしています。その勉強も「知らなければいけない」と、思えば、そのゴールの姿がプレッシャーにもなりますが、「知りたい」と思えば、ゴールを気にせず一歩ずつ楽しみながら進められます。

（事例）周囲から優秀と見られている人の習慣は、何事も自らポジティブに動きますが、実行前には必ず内容に応じて関係者の意見を聞いています。口癖は「第３者の目がミスを未然に防いでくれる。そして視野が広くなる」そうです。

増やすも減らすも自分次第

お金は使えば無くなりますが、運用次第では大きく増やすことも可能です。また、情報などは使うほどに視野が広がり相乗効果などで新たな価値をも生み出します。そして知識は、学んだり、実行したりして増やせば思考力などを高め「人財」へと変化もさせてくれます。

いずれもどのように使うか、活かすかで結果は大きく異なりますが、それは「自分次第」です。

また、限りなくあるように感じる時間は、有効に使っても、無為に過ごしても確実に減っています。

特に、難しそうなことや面倒なことなどを〝今度……〟などと、後回しにすれば貴重な時間だけではなく、大事なタイミングをも失うことにもなります。

～みなさんはこれらの資源を有効に使っていますか？～

人によって見方が違う

「酒は百薬の長」とも言われるし、逆に「百害あって一利なし」とも言われます。また、世間の評判なども、同じものに対して褒めたり、批判したりと、立場や文化、知識などが変われば、モノの見方もいろいろです。

〝みんなと仲良くしたい〟とても良いことですが、そのために八方美人になってしまっては、本来の「自分らしさ」が失われます。自分に恥じるところがなければ、一部の人から違った見方をされても気にしない強さも必要です。多くのことが、すべての人に共通の印象を与えるとは限りませんし、他人の評価も変えられません。

三方良し

近江商人の商売の考え方として「三方よし」が、あります。その心は「売り手にも、買い手にも、そして社会にとっても貢献できるような商売が良い」と、いったように三者が、共に益する倫理商法《りんりしょうほう》です。

どこにでもありがちな、売る人（あるいは自分）だけが得するような考え方は、必ず破たんにつながります。

最近、×××ファースト。コロナのワクチンが後進国に行きわたらない。自分勝手な都合で相手を侵略する。温暖化対策の必要性は……などと、自己主張が強すぎる？　と、思えるような考えや行動が目につきませんか？　そのような考え方の後ろには必ずと言えるほど摩擦が発生します。それぞれの個別の利害を超えて、より高い目的の下で互いにメリットを享受できる共生の視点が、忘れられてはいないでしょうか？

自分で自分を評価できない

我田引水とは、自分に都合が良いように言ったり、行動したりすることです。

ある調査によると、自分のリーダーシップは他者よりも上と答えた人が70％にも上るそうです。ちなみに下と、答えた人は2％だそうです。一般に「自分は平均より賢く上だ」と思うようです。

また、朝日新聞の「折々のことば」に、「深いつもりで浅いのが知恵、浅いつもりで深いのが欲、高いつもりで低いのが教養、低いつもりで高いのが気位」と、ありました。

自分を客観的に見ることは本当に難しく、意見（助言や辛口）を言ってくれる人を煙たく感じることもありますが、実はありがたい存在です。

「我以外《われいがい》みな師《し》なり」です。この心を持ち続けてください。

出会いを活かす

公私を問わず人には多くの出会いがあります。生涯に出会う人は、3万人とも10万人とも……、言われます。

世界中で活躍する人達からは「違いを知ることで、多くの知らないことに気づく」「刺激を受けて自分を見直している」と、異口同音に聞かされます。

折角の出会いも、意識して一歩前に進める行動をしなければ「自分に影響を与える存在」にはなりません。大事な出会いを一回限りにせず、その日の内にお礼の電話やメール、折々の挨拶など一手間かければ、再会の機会につながるなどより良い出会いになっていくと思います。更に先々で大事な存在になっていくかもしれませんね。

箴言《しんげん》（道徳上の格言や教訓をまとめたもの）に「小人は縁に気づかず、中人は縁を生かせず、大人は袖すり合う縁も縁とする」とあります。

残念なことに最近は逆の出会いもあります。ネット社会になって良い面もたくさんありますが、顔の見えない甘言などには一度は疑ってみることや信頼できる人への相談なども忘れないでくださいね。最近「プロパガンダ」という言葉も流行になりつつあります。社会に悪影響を与えるような騙《だま》しや特定の主義、思想に誘導されないようにしましょう。

2022年4月から、18歳で成人となり本人責任の範囲も広がりました。

違いを理解して

互いに共通の目的を理解していても、手段レベルになると意見の違いが度々発生します。その根っこには、知識や経験、価値観、倫理観、文化、宗教……など、人間性に関わるようなことがあります。このような異なった土俵を理解しないで、表面的な事象の良し悪しを論じても、平行線を辿《たど》るのみか、悪くすれば争いごとをも招きます。

（事例）最近、広島にもイスラム教徒の方が訪れ、お好み焼きを食べることが多いとのことです。これまでお好み焼きと言えば、使用する肉は豚や牛肉が定番のようでしたが、イスラム教徒の方にも食べられる鶏肉で味付けを工夫して提供するそうです。

「本質的な違いを認識し、受け入れて、拘わりを排除し柔軟に対応する」ことが、これからの時代は強く求められると思います。大変難しいことと思いますが、共通の価値観に基づき、互いを思いやる心をもって、新たなものを創り出す「協創の時代」にしたいですね。

今、世界人口は約80億人、２０５０年には１００億人と予想されています。他人事ではありません。

メモ魔

エビングハウスの忘却曲線によると、人は、年齢に関係なく一時間後には56％、一日後には74％忘れるようです。

それをカバーする手段としてメモが有効ですが、記憶のためだけではなく、疑問に思ったこと、アイディアやひらめきなどにも活用すれば、その効果は計り知れないものとなります。また、書くだけでなく、そのメモを見直すことも習慣化すれば、相乗効果などもあり周辺への興味も膨らんできます。

よみうり寸評（平成29年7月15日）より、授業でノートを取ることは学問の基本、話のポイントを摑んでまとめる習慣を身につけることは社会に出て役立つ……、だそうです。

～中略～　しかし、最近はノートを取る学生が減ったそうです。スマホで撮影したり配布資料に一言メモしたりする程度でノートを持ち歩かない生徒が増えたとのことです。

写真は便利ですが、メモのような、その時の心の響きや感想、意志が入りません。

ある大学では「講義を受ける力」を見るために生徒のノートを評価するとのことです。

大学だけではなく、どのようなケースでも言えそうですね。

習慣化がひらめきに

有名な作家は、毎日良い（納得する）原稿が書けるとは限らないけれど、とにかく机の前に座ることを習慣化しているそうです。正式な文書を書かなくても、読んだり、精査したり、気づきをメモしたり……を、習慣化することでひらめきなどにつながるそうです。

（事例）　Ａさんは仕事の他にも幾つかの活動に参加していました。

関連して興味も広くなり、新聞などマスコミ情報、友人知人との会話、読書など……見聞きした情報は必ずメモをして、後刻テーマ別にパソコンに収納していました。（紙のメモは散逸するし、情報として整理し難いため）

この短いメモも数多くなれば、有益な情報に変わるそうです。

蛇足ですが、その場でメモしないことが良い時もあります。

例えば、大事な人との会話時に、内輪の事情などに触れて説明してくれる場合もあります。そのような時に面前で一部始終をメモすれば……、相手は構えるようにもなります。

極力、記憶して会話を終えた後に別の場所でメモするぐらいの気遣いは必要です。

一番やりたかったと思えば……

突然、経験の無い役割に指名されたらどうしますか？

そのことに経験がなく自信がない、大きなリスクが想定される。実行する内容が厳しく努力が辛い。興味がわかない。やってみたいけれどその方法が分からない……などと、できそうにない理由をつけて断りますか？　それとも前向きに捉えて挑戦しますか？

「人は好きなことをする時が一番成長する」とも、言われます。進学する、役割が変わる、専門とすることが変わる、クラブ活動のリーダーに指名された、体育祭で応援団長をすることになった、人前で話すことになった……などと、人は常に、未経験の分野に出会いますが、可能な限り千載一遇のチャンスと捉えましょう。

その都度、否定や消極的な気持ちで取り組めば、周囲からは疎んじられ、自分自身も折角の挑戦（飛躍）機会を失います。

初めての役割を与えられた時には、まず「そのことを一番やりたかった」と、思うことです。そう思うだけで、その後の思考や行動が前向きになっていきます。

求められている姿をイメージし、可視化して全貌を掴み「自分でできること、分からないこと、他者の力（図表参照）を借りたいこと」に分けて、先輩や経験者の意見なども聞きましょう。このような一連の行動で成功への道が見えてきます。

知らないことや未経験なことは一人では不可能ですが、目的に応じて他者の力を借りれば「必ずできます」。また、場合によっては挑戦目標を少し下げて行うのも良いかと思います。

尻込みせずに挑戦しましょう！　その後には、必ず一回り大きな自分が待っています。

他者の力の活用

力の活用	活用・借用目的
自分自身の力	保有能力の発揮、自己の成長努力
専門家の力	専門能力の強化
パートナーの力	処理能力の増加
部下の力	動機付けや育成（先々の能力強化）
上位者の力	問題解決力の質的（経験・知恵）向上
依頼者の力	協力関係強化、成果の満足度向上

関心のスパイラル

最近の各大学では、これまでの知識や理論偏重を改め、実践に基づく人間力強化のための科目設置や、社会に出た時に役立つ人財のためのキャリアセンター開設などと、いろいろと見直しが進んでいるようですが、何よりも大事なことは「当人が各々の立場を意識した行動」及び「自らが育つ行動」を自立的に行うことが大前提です。小さなことからでも宣言してやってみましょう。最初から望ましい結果が出なくても、挑戦しているプロセスに成長する要素や発見が多くあることにも気づくでしょう。

自ら育つ「とっかかり」は、何からでも始められ、難しいことではありません。図のように、興味を持てば、問題意識が生まれ何をするかが見えてきます。

目標を立てれば行動することになり、新たな疑問や調査、関連者との会話も必要になり、また、それらが新たな興味になっていきます。

これを「関心のスパイラル」と言います。このように身近ないずれの行為も成長につながる「とっかかり」になりますが、重要なことは「いずれかの一つにとどまることなく、次の行動に繋げて日常化する」ことです。

仕事でも趣味などにおいても同様です。

これらの行為を単一で止めたり、中途半端であれば「言いっ放し」、「やりっ放し」「雑」となりますし、何もしなければ、惰性的な人生に変わっていきます。

このスパイラルを対象によって、大きくしたり、ゆっくり回転したり……と、自分のペースで回しましょう。
周囲との関わりが増えて心を豊かにしていきます。

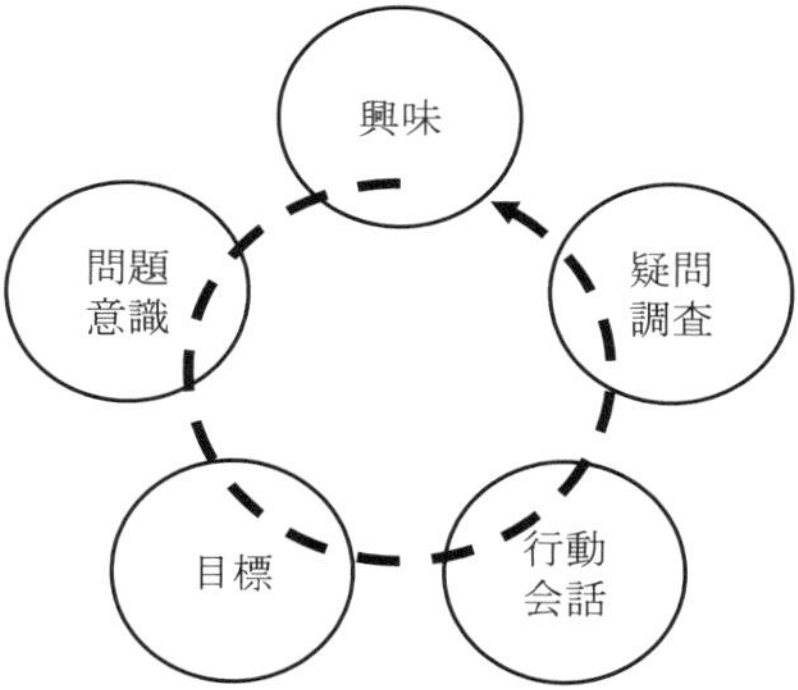

関心のスパイラル

第2章　視野を広げよう

身の回りでは、ありとあらゆるものが変化し、新陳代謝も起こっています。その多くは自分にとって関係が無い……と、思っているかもしれませんが、それは、自分の興味や問題意識が少ないため？　かも、しれません。

変化に鈍感であれば「茹でガエル」のようなことにもなりますが、全ての変化に敏感に反応することも不可能です。

また、あるところでは、常識と言われたり、正しいと言われることも、視野を広げてみると……、真逆の考え方もあるようです。

問題意識や興味の目で周囲を見ると、必要な景色がいろいろと鮮明になりますよ。

東京～ロスアンゼルス間32分

アメリカのある企業では、東京～ロスアンゼルス間を驚きの32分でつなぐ最高時速2万7千キロメートルの宇宙船を就航させる計画もあるようです。

東京からハワイまでが30分だそうです。料金はとてつもない金額かと思いましたが……、なんと現在の航空機のエコノミークラスの金額だそうです。アメリカに日帰り出張も夢ではなさそうです。2023年の時点で実現はしていませんが……、しかし、2021年9月に民間人による宇宙旅行が実現しました。

また、2040年には宇宙産業時代到来とも言われています。

世の中はもの凄いスピードで変化しつつあります。

日本の位置づけ

日本って、どんな国？　でしょうか？

また、海外諸国との違いは何？　男女平等ですか？

例えば、男女平等に関してある機関の報告によれば、2023年の世界ランキングは125位になっています。何故、このように低いのでしょうか？　女性の職場進出や就学率が低いのも理由のようですが、今の日本で女性が男性同様に自己実現のために学び、就業できる環境が揃っているでしょうか？　主婦の役割は？　子育て環境は？　所帯主の収入は？　いろいろと関係しそうですね。

また、世界人口が増加傾向にある中、日本は先進国の中で大きく人口減少の傾向にあるのは何故でしょうか？

その他にも、国や地域の世界競争力なども毎年発表されています。そこでも日本の位置づけは大きく下がっています。

１９９０年頃の日本は1位でしたが、以降、下がり続けて２０２３年は35位になっています。その理由として、変化への対応力の遅さ、国際的なコミュニケーション力不足、決断力や実行力の弱さなどが上位に挙げられており、子供の頃の教育や習慣が大きく影響しているとも言われています。

様々な変化を知り客観的に自分を知ることで、喫緊の課題も見えてきそうです。

変わる人財像

人と接触しながら仕事ができる能力開発として、平成17年には、産官学共同プロジェクトが発足し、３つの能力とそれを構成する12の要素から成り立っている「社会人基礎力」が開発されました。
①前に踏み出す力（アクション）
主体性や働きかけ力、実行力など一歩前に踏み出し、失敗しても粘り強く取り組む力です。指示待ちにならず、自ら考えて行動する力が必要です。
②考え抜く力（シンキング）

課題発見力や計画力、創造力など疑問を持ち、考え抜く力です。そして周囲に問題提起をして課題解決につなげます。
③チームで働く力（チームワーク）
発信力、傾聴力、柔軟性、状況把握力、規律性、ストレスコントロール力など、多様な人とともに目標に向けて協力する力です。

最近は多くの大学でも採り上げられており、多様化する社会生活を営む上で重要な力です。中高生でもクラス内や、部活、家庭などいろいろな集いの中で、このような力を意識して関わるようにしたいですね。

さらに文部科学省は、日本や世界で必要な新しい学力を育成する教育モデルを、経済協力開発機構（ＯＥＣＤ）と開発に乗り出すことにもなりました。

新学力は、思考力、創造力、提案力、運営管理力などを総合し、「複雑で正解の無い問題を解決する力」です。（平成26年5月6日、読売新聞より）

時代と共に求められる人財像は変わっていきますが、周囲をよく見ていると、何が必要になるか？　みなさんの近くでも感じられるのではないでしょうか。

いろいろなじんざい

人罪……いること自体が罪（問題有り）と、思われるような人。

人在……いるだけでマイナスにもプラスにもならないような人。

人材……教育や環境などで変われるような人。

人財……すでに、目的に対して必要な能力を備えているような人。

……と、いったような見方もあるようですが、誰でも最初は「人材」です。そして本人の意識次第で大きく変わることもできます。

人財を目指しましょう！

優位性は不変ではない

スポーツの記録更新、新たな価値の商品化、技術の進歩、最近ではＡＩによるコマーシャル……などと、あらゆる分野で弛《たゆ》みなく著しい変化が起こっています。

どのような領域においても、栄光を手にした瞬間はスポットライトを浴びますが、その輝かしい結果も、その瞬間から優位性は脅《おびや》かされていきます。

絶対的な自己能力は変わらなくても（あるいは向上しても）、周囲がそれ以上に変われば相対的な位置づけが変わります。その中でも優位性や存在感を維持し続けるためには、常時、自分の力を客観的に把握し、変化に取り残されないためのレベルアップを継続しなければなりません。

協創のための競争

競争心が強い人と言えば、勝つために努力を惜しまない人。勝利への執着心が強く粘り強い人、チャレンジ精神のある人……、などと、良い意味で理解することができますが、結果によって利害や威信、名誉などが伴うような時には「対立」などへと、間違った方向にエスカレーションする危険性も孕《はら》んでいます。

ドーピング問題などもその一つですね。

競争の目指すところは、どのようなスポーツでも、学問でも、産業でも、文化活動……などと、対象が何であっても「称えあう、支えあう」ものであり、究極的には「地球上の全ての人にとって、Ｗｉｎ　Ｗｉｎとなる協創」につながるモノでありたいと思います。「スポーツを通した人間育成と世界平和を究極の目的とする……」と、オリンピックの基本精神のような姿勢で臨めば必ずや協創の芽が育っていくと信じたいですね。

外からはよく見えます

学域を走る路線バスに乗るだけでも多くの特徴や違いを知ることがあります。

Ａ高等学校の生徒達は、乗車時にお年寄りや体の不自由な人を先に乗せてあげたり、席を譲ったりしています。Ｂ高等学校の生徒が乗降する路線バスでは、席を譲ることもありません。スマホを見たり、雑談していたり……。

その背景には、いろいろな理由があるのかもしれませんが、社会の一員としての道徳的な視点からは問題を感じます。個人の問題なのか、家庭や学校といったグループの風土なのか？　考えてみる必要がありませんか？

試験に強い知識偏重だけでは、多様化している社会で集団生活を営んだり、ましてやリーダーシップを発揮することなど難しくなります。

渋谷に来ないで！

マナーとは、他の人に不快感を与えず、心地よい関係を保つための心掛けや行儀などであり、服装や挨拶、言葉遣い、食事の仕方、その他いろいろな面で問われます。

最近では、自転車の乗り方についてのマナーが大きな話題となっています……が、マナー以前の規則違反も多く見かけます。しかし、自転車の問題に関して、今、規則やマナーについて学ぶ機会が誰にでも等しくあるでしょうか？　関係官庁なのか？　教育現場なのか、家庭なのか、社会なのか……、どうして対策が後手後手になるのでしょうか？

10月31日のハロウイン（聖人の火の前夜祭）では、様々な仮装をして各地から集まりますが、最近では路上飲酒やごみの放置、治安面など迷惑行為が目立つようにもなり、「渋谷に来ないで！」と、言われるようにもなりました。何故、このようになるのでしょうか？

来日者の多くからは「自国では罰せられるが、日本は罰せられない」との声もあります。

～今後、ますます世界を舞台にした交流が盛んになると思いますが……、誰にでも優しいようで奥深い……、身近なマナーについて、規則との違いなども含めて周囲の人と会話してみませんか？～

傘かしげ

江戸の商人達が、より良く生きるために、言葉遣いや行動に思いやりの心を持って接する基本的なモラルとして「江戸しぐさ」があります。

その一つに「傘かしげ」があり、狭い道などで相手の方とすれ違う時、反対側に傘を傾けて雨などの雫《しずく》が相手の人にかからないようにする気配りです。

その他にも「戸締め言葉」「行き先は聞かぬ」などなどと、江戸しぐさには今でも通じる大事な心があるようです。

現実は、狭い歩道でも譲らない。自転車の危険な追い越しなど、逆の立場で考えたら直ぐに分かってもらえるようなことも少なくなく……歩行者はどうすれば安全が保てるのでしょうか？

～ちょっとタイムスリップして「江戸しぐさ」に触れてみませんか。～

過剰では？

過剰包装であっても、罰せられるようなことではありませんが、先日、頂いた商品には包装紙、外箱、内装紙、内箱、商品個別包装……、と、商品に触れるまでに7層もの梱包・包装がありました。

そして、中の商品の大きさは外箱から想像もつかないほどの小さなものでした。

大きく見せるためなのか？　そんなに包装しなければいけないほど大事なものなのか？

……分かりませんが、確実に商品の値上げ要素にはなりますよね。

果物でも、ワックスがけをしたり、色合いや大きさ、形を揃えたり、必要以上の手間暇をかけて差別化して高額商品化？　しているようにも見えます。一方では、品質や味に関係なく形や色合いなどの訳あり商品が廃棄になっている事実もあるようです。

今、地球上では食糧難が大きな問題になっています。物価高にも困っています。またプラゴミが生態系を脅かす……などで、代替が進められています。

～私達一人ひとりで何か提言できることはありませんかね？～

利益の性格

利益には多くの性格があります。

自分の都合に偏った利益確保は、時に相手に対して無理強いにもなり、やがては大事なお客様を失うことになります。

目先のあるいは自分だけの利益に盲目的になって、大きな社会問題を引き起こす例も少なくありませんね。

利益決定の原則は、市場における商品価値で販売価格が決まります。ここからその製造にかかる原価を引いて利益が決まります。

逆に、掛かった原価に利益を乗せて販売価格とする考え方は、市場を無視したもので競争優位性に欠けてきます。本来は、市場価値から適切な利益を引いた原価で作れるか否かが企業の実力です。

また、利益を得るタイミングも重要です。

早ければ資金運用面などが楽になりますが、支払側からみればその逆の論理が成り立ちます。

その他にも利益の質があります。

新たなお客様を呼び込めるような外延性があるか否か、また継続的に得られるものか今回限りの一過性か、誰から好感を得られる利益か、逆に反感を買うのか？　と、いったことなどです。

～日々のお買い物時にお店によって商品価格の違いに気づくと思います。お店の立地場所や雰囲気、従業員の応対、客層……、などに関連性を感じることがありませんか？～

立場の篩《ふるい》

祇園精舎《ぎおんしょうじゃ》の鐘の声、諸行無常《しょぎょうむじょう》の響きあり……、これは、平家の栄華と没落を描いた平家物語の一節です。平家滅亡の理由は、平清盛の理想と時代の要請にギャップが大きすぎた……とも、言われています。

このように世情の見間違えや「茹《ゆ》でガエル」のように、周囲の変化に鈍感であれば、重大な事態を招くことにもなります。

だからと言って、すべての変化に敏感になることは不可能だし、その必要もないと思います。

人は誰でも、仕事や地域生活、家庭、趣味のサークルなど様々なグループに属して活動をし、それぞれの立場（役割）の責任を果たしています。その立場々での「問題意識」が、必要な変化を見分け、その大きさが反応を敏感にさせます。

責任感の欠如や大事な日々を無駄に過ごせば、変化に気づかず問題発見にもつながりません。

（事例）　Aさんは「立場々の篩（考え方）」を、立場の数だけ持っているそうです。

今、非常に関心あることに関しては、小さな網目の篩を使って、そうでない情報に関しては、少し粗い網目で見逃すそうです。問題意識や興味の目とも言っていました。

防御だけでなく共生も

少し前のことですが、神戸港で、ヒアリが見つかり、その後も各地の港やその近辺で見つかる……と、聞きました。あまり有難くないことですが。

人の活動領域が広がるに伴って多くの生き物もその生息地を広げています。その結果、生態系が変わり、遺伝子の攪乱《かくらん》なども起こり、生命が脅かされる危険性が……などと、新たなマイナス面も増えていきます。ヒアリのような恐ろしい負の変化に対しては、可能な限り様々なガードを行いますが、完全に防ぐことも難しく、併せて、起こった事象に対処する両面作戦が必要となります。

ここ数年、世界的に猛威をふるっているコロナウイルスに対しても、当初は「コロナ感染ゼロ」を目指していましたが、最近では「ウィズコロナ（ある程度、前提とする考え方）が必要」と、言われるようになりました。

鵜呑《うの》みは危険

よくある話ですが「〇〇について、いいところを知っているよ、紹介しようか！」お酒や料理が美味しいところを……、素敵なお店……。などです。

（事例1）判断基準
いい病院を知っているよ！

……どんなところ？

駐車場が広くてあまり待たされないで診察してくれる×××病院！

……これがいい病院なの？

（事例2）一人しか知らない
いい弁護士を知っているよ！

……どんな感じなの？

親切で親身になって解決してくれます。

……他と比べて料金などはどうなの？

他は知らないけど……。

……どうして、良い弁護士なのかな？

自分の知っていることを主張し過ぎている、本質について考えていない、それぞれの価値観（大事だと思うところ）の違いを意識していない、相対的な見方ができていない……などが、変な会話にさせています。

そのまま鵜呑みにできないことが多くあります。

まとめて買えば高くなる？

〝1本100円の鉛筆を100本まとめて買うから安くしてね！〟これは日本では常識とも思えるほどの会話です。

しかし、所変われば考え方も変わるようです。

〝まとめ買いをするほどの価値があるものならば、12000円です〟と、高くなるようなこともあるそうです。

いずれも間違いではありません。文化や価値観（考え方）の違いです。

また、時として、親切や優しさが裏目に出ることもあります。

（事例）友人の新築祝いに絵画を贈りました。

喜ばれると思っていたのですが、不評を買うことになりました。

地域によっては、新築祝いに絵画や掛け時計などは壁に穴を開ける（傷つける）と、理解されることが避けられる理由のようです。

予習で楽しくなる授業

「授業を楽しく受ける」「疑問は持ち越さない」、といった視点から、予習や復習はとても大事なことだと思います。

特に予習は、疑問や分からない箇所を事前に見つけて授業に臨めるので、その場での質問などにもつながり中身の濃い時間が楽しくなります。授業が「聞かされる」から「聴きたくなる」に変わります。

予習の延長線上には、関連した興味も増え、より深い探求心なども生まれます。このように前向きな姿勢が更なる問題意識を高め心も豊かにします。

～早速、予習して明日の授業で質問してみよう！～

何度でも見直しできる

学校の試験などで見直しは大事な時間（機会）ですが、その時間は限られます。

しかし、日常の生活の中では、見直す時間を自分で多くすることができます。

それは「可能な限り早めに着手する」ことです。

特に、正解を導くことが難しかったり、多くの人に関わるようなことになるほど少しでも早く着手して、違った角度から眺めたり、他者の意見を聞いたり、関連事項を調べたり、会話したり……と、いろいろな時間を費やし、その結果、アイディアが膨らみ、内容が充実してくるからです。

ある人の習慣は「何事もメモから始め時間をかけ、内容を膨らませる」そうです。気づいたことを逐次追加し、整理していくうちに、正解に近い形が見えてくるそうです。

ネット時代のモラル

10代から50代までのスマホの普及率は90％、60代以上でも80％となっており、小中学生教育でも端末が配備される時代になりました。その殆どがネットを利用しているとのことです……が、便利さの陰に新たなトラブルなども急増しています。

ネットでいじめにあった、詐欺《さぎ》に騙《だま》されそうになった、有害サイトに導かれた……などと、社会経験の少ない子供達へも及んでいます。

このような望ましくない状況を防ぐためには、新たに発生したデジタル空間の使用上の制限やルール作り、自らの責任範囲の認識、マナー、モラルアップなどが急がれますが、先ずは身近な家庭での会話や指導から始めることも大事ではないでしょうか。

子供にとって一番の教育者は両親の背中とも言われます。

「隗《かい》より始めよ」ですね！

漫画の力

滑稽《こっけい》さ、風刺性《ふうしせい》、物語性などを持った絵画作品のことを「漫画」と呼ぶようになったのは、今から100年位前のようです。また、その漫画につながる絵画作品は、平安時代の絵巻物「鳥獣人物戯画《ちょうじゅうじんぶつぎが》」とも言われています。
最近、アニメや漫画、アイドル、オンラインゲームなどのファンが激増していますが、中でも漫画人気が抜きんでているようです。
好きなものを見た人の目がハートになり、焦ると顔に大量の汗が流れる。漫画ならではの誇張、吹き出し、小回りなどの技法が読者の脳内への刺激になり、面白さの源になっているのではないか……～中略～、漫画の視覚的効果を科学的に分析し、絵画や音楽にも劣らない芸術だと証明したい。と、漫画の面白さの謎《なぞ》に挑む漫画家兼心理学者は言っています。（令和4年8月7日読売新聞より）
～漫画はこの先、私達の生活の中にどのように影響してくるのでしょうか？　どのようになるのか？　どうなって欲しいか？　みんなで議論してみよう！～

なぜ学校に行くの？

（事例）　男子高校生は、高卒だと社会に出て不利なことはあるの？　実力をつければやっていけるのでは？　自分次第ではないの？　学歴はいるの？　と、言っていました。

Ａさんは、今もこれからもますます速いテンポで世界のパラダイムシフトが起こり、単なる学歴主義ではなく、より高い教養や柔軟な思考力、提案力、調整力、実現させる力などを伴った「能力主義の時代」と、なります。それだけに、これまで以上に学ぶことが多くあります。

また、異文化に触れる機会などが得られれば身をもって理解できるのではないでしょうか……などと、応えていました。

義務教育は世界の多くの国で行われており、日本では小中学の9年制ですが、長い所では15年という国もあるようです。学校では、知識力を身につける（偏差値を高める）だけではなく、目標に向かって努力する。集中する。考える。調べる。会話する。個々人でできないことを仲間と一緒に挑戦する……など、生涯を豊かに過ごすための基本的なことを学ぶ場であり、誰もが等しく持てる権利・義務です。

より高度な修学には、目的意識を持って学べる。専門能力を高める。考える力や思考力、発想力を豊かにする。生涯の友人を見つける。将来の進むべき方向を見つける……などと、様々な目的があります。

今や世の中は著しく進化しており、活動の場も世界へと広がっています。その中で仕事に就き、自分らしい活躍・貢献をしていくためには、ますますより高度で多様な能力が必要とされていきます。

可能な限り、修学の機会を多く持ち、世界の中の一人として伍《ご》して活躍して欲しいと思います。

ちなみに、２０２２年ＵＮＥＳＣＯ（国連教育科学文化機関）の調査によると、日本の大学（含む短大）進学率は、約62％で世界の53番目ぐらいです。

～各国の進学率の差は、文化の違いや就職事情、修学のための費用、公的な支援などが大きく影響しているようですが、日本の低さの原因は何でしょうか？

また、どうすれば、平等に学べるための環境づくりができるのでしょうか？～

第3章　計画的に進めよう

やる気が未だ出ない、そのうち始める、未だ先がある……と、やるべきことを先延ばししていませんか？

直前になって、行おうとしても、思いがけない調べ物が出てきた。体調を崩した。友達との約束が入った。思っていた以上に大変……などと、想定外のことが起きてドタバタした経験はありませんか？

時には、計画なしで想定外をも楽しむことも良いでしょうが、事の重大さに応じて約束事項などを決める計画は省けません。

また、先を読みながら事前に計画を立てることで、多くのことが整斉《せいせい》と進み、関係者間の約束が守れて完成品の精度も高くなります。

何よりも、自分の余裕が創れます。

500ページ

えッ、この模擬テスト集は500ページもある……、とてもこんな分厚い模擬テストなんてできないよ！　と、受験生は悩んでいました。

それを聞いた父親は、未だ受験までには1年あるよ！　1日に1・5ページ勉強すれば、完了すると言いました。でも、それでは全く余裕なし、休みなし、何かアクシデントでも起これればその計画は失敗します。

余裕を見て、1日に2ページ行いましょう。そうすれば3〜4日に一度は休みが取れるし、楽しみながら復習などにも充てられるよ！

「千里の道も一歩から」と言います。先の見えないトンネルを歩くのは精神的に辛くなりますが、ゴールが見える（予測できる）時には、張り合いも出てきます。

逆に、〝何とかなる。頑張れ、もっと勉強しろ……〟などと、抽象的や感情的、根拠のない支援？　は、プレッシャーを与え、逆効果になることもあります。

企画書から始めよう

少人数で何かを始めるような時には、約束事や決まりなどを事前に文書化しなくても、必要に応じて会話しながら納得して進めることもできます。しかし、完了までに、多くの人や長い期間、そして多額の資金などを必要とするような時には、その全貌をキチンと纏め文書化して関係者に事前説明し、理解や合意を得て協力関係を維持しながら進めなければ混乱につながります。

目的は何か、何を行うのか、いつまでに、誰が参加するのか、費用はいくらか、その効果は何がどれくらい望めるのか？　……など、必要性や実現の可能性などを十分検討し、整理し具体化して書類にしたものが「企画書または提案書」です。このようなものができて合意されれば、その後の諸計画や施策などもブレることなく自信を持って進められます。

学校においても文化祭などクラス全員で行うような時に、最初に企画書を作っておけば共通理解の基に総力を結集して進められると思います。

また、終了後に意図した目的が達成されたか否か……など、企画書を基に具体的に評価・振り返りをすることも可能になり次に活かされます。

将来の計画と目前の計画

ご存じのように、戦国の武将、明智光秀は「三日天下」と言われます。目の前の敵の織田信長を倒すことはできたが、その直後に豊臣秀吉に滅ぼされることになりました。謀反《むほん》？　に至った真の理由は何か？　野望説、怨恨《えんこん》説、黒幕《くろまく》説、四国説などと、諸説ありますが、理由はともかく、信長を討つという目前の計画（戦術）は成功したが、その後に起こるであろうことに対する長期的対応（戦略）が不備だったと言われています。

何事にも言えます。今、実行しなければいけないことと、進むべき方向性など中長期的に考えていくことの方策は異なります。

短期間で完結するような図りごとには戦略など不要ですが、この例のように、天下をとって並みいる武将を味方につけてどのようにまとめていくか？　と、いった継続的または長期的なことを行おうとすれば、必ず、戦略（長期的視野に立った計画）と戦術（直前の問題解決のための短期的計画）の二つの視点から内容の異なる施策が欠かせません。

戦略で方向付け

ありたい姿の実現のために、３年、５年、10年といった長期的な視野に立った指針や構想及びそれを実現するための課題、施策、計画、目標などを総括的に定め、目的達成までの道筋をつけたものが戦略です。
なお、この戦略は実現までには長期間を要しますので、その間での環境変化などに応じて節目々でブラッシュアップ（見直しと必要な軌道修正）が大変重要な意味を持ってきます。

戦術で実行

戦略レベルで検討された総括的な諸施策を実行に移すには、直近の半年とか一年程度を切り出して、一人ひとりの作業レベルまでに具体化する必要があります。この実行計画を戦術と言い、この一つひとつを実現し積み重ねて戦略レベルの構想を現実にしていきます。
みなさんの人生の中でも、高校や大学入試、スポーツ大会でメダル獲得を……などと、数年がかりで計画することがあると思います。このような時に戦略的な方向付けと戦術的な実行計画を使い分けて成功への道筋をつけられるのではないでしょうか。

以降、この章では、完了するまでの期間が比較的短い時の（実行）計画について説明していきます。

2種類の目標

企画・計画ごとには必ず「目的」と「目標」があります。それが曖昧な時には、伴って実現の手段も曖昧になり、実現させる費用と実現した時の効果のバランスも悪くなります。最悪の場合には、費用と効果が逆転（効果よりも費用が多く発生）することにもなります。

なお、目標には、期限や使えるお金など様々な制約条件の下で「達成しなければいけない必達目標」と、個人の成長やグループの発展、社会の進化……などと、ありたい姿の実現に向けて「結果よりも、むしろそこに向けての長期的な活動とか研究し続ける……と、いったプロセスに意味があるような挑戦的目標」の2種類があります。

以降、この章では、必達目標について説明していきます。

目標は高すぎても低すぎてもダメ

今度の期末試験で全科目の平均点を××点とりたい。などと、達成すべき目標を定めますが、その目標値が高すぎて、挫折や諦め、そして大きく未達成が発生するようでは、意識低下を招き、目標に基づく努力そのものも形骸化《けいがいか》してきます。

２０２２年に、崇高な夢をかなえるために猛勉強した……が、実らず自壊し悲惨な事件が報道されていました。絶対にあってはならないことです。

逆に低すぎて簡単にクリアーできるレベルであれば、その成果も少なく、投資効果（努力と得られた効果との差）を悪くするばかりではなく、目標達成の基となる目的をも見失うことにもなります。

意気ごみや気合いではなく、目標を設定する目的やそれが達成されなかった時の影響度、そして、実行する人の実力なども考慮して決める必要があります。

従って、同じ目的でも人それぞれに目標値が変わるのは自然のことですね。

グループ活動も同様です。良い目標設定に基づく活動は、創意工夫の風土を醸成し活性化しますが、逆の悪い目標は活動を沈滞させ組織を弱体化させていきます。

このようなことは分かっているはずですが……、利益確保のためか？　過度な目標設定を強制して本来の業務を曲げてしまう……大手企業で本末転倒な不正が相次いで報じられていますね。残念です。

～何故、このようなことが起こるのでしょうか？～

改善と改革

１９７０年頃の若者の多くは「自動車を買って好きな人とドライブしたい」が、大きな夢でした。その自動車も日本で量産されてから まだ半世紀を過ぎたばかりですが、その技術的な革新は目を見張るものがあります。蒸気エンジンに始まり、ガソリン車そして今や水素や電気自動車と変わりつつあります。内燃機関だけではなく、使用目的も機能も大きく変わっています。無人運転、空飛ぶ自動車……などです。

また、1980年頃からのパソコンの普及に伴って開発された電子的なゲームも今やスマートフォンで子供から大人まで幅広く楽しんでいます。

このように、自動車やゲーム機などに限らず多くのものが本質を守りながらも、その時々の市場のニーズ・シーズに合わせて変化「改善と改革」を繰り返しています。

改善は、現機能を前提としながら、より早く、より安く、より強く、より面白くなどと投資効果を意識しながら問題点を解消したり、市場の要望に応えたりして、より良いものにすることですが、対して、改革は、現状に捉われず「ありたい」を、優先して新たなものを創り出す活動です。

いずれも適用するタイミングが重要になります。早すぎても、遅すぎてもビジネスチャンスを失ったり、投資効率を悪くします。


〜チョット、コーヒーブレイクです。〜

通常のサイコロは正六面体ですが、球状のサイコロを作れますか？（正解はこの章末）

松茸《まつたけ》は採られるまでに千人の股を見ている

この意味は、高価な松茸も意外と身近な場所にあるのに松葉などの下に隠れていることが多く見逃されやすい。と、いうことであり、問題意識や改善・改革といった欲求が低ければ、身近にその材料（状態）があっても気づきません……と、いう喩《たと》えに使われます。

現状に満足せず、向上心を持って「改善・改革の目」で見れば、自分の周囲でも、その材料に気がつくかもしれません。

グループの規則でも、クラブ活動の進め方でも……、もう一度、周囲を見回してみませんか？　不自由なことや目的遂行のための障壁になるようなことがありませんか？

ある人は「作らないで創る」ことを常に考えるそうです。例えば、全てを最初から作るのではなく、発想を変えたり、レゴブロックのように標準化された機能の組み合わせを変えることで別のモノを創り出すようなことです。

誰にでもある弱み

（事例）何を決めるにも時間が掛かる。もう少し風通しの良い組織にするために何が必要か？　検討を重ねていました……が、抜本的な案は出ませんでした。

依頼者は「部門の統廃合などで余剰となった人についても引き続き仕事の保障をする」と、言いました。

すると、組織を統合して意思決定のプロセスを短くする……など、現状に拘らない改革案が出てきました。

当初、検討メンバーは「自分の身の安全を第一」に考えて消極的になっていました。

序列主義、閉鎖性、自己主張がない、個性よりも和を重んじる、突出を嫌う……と、いった日本人の性格がそのような行動に走らせるのか？

それとも、状況認識が甘いのか。羞恥心なのか。自己保身や上下関係など、誰にも心の隅にありそうな弱みが邪魔をするのか？　阻害要因となるバリヤーは多くありそうですが、それを理由にしたら前には進めません。

弱みは誰にでもあります。踏み越えて自分に自信を持って、一歩前に出ましょう。

安定と衰退

インターネットが急速に普及し始めたのは１９９５年頃ではないかと思いますが、それからわずか30年、今や各家庭から時間や距離を超えて瞬時に世界のことが分かるようになりました。

（事例）ネットワークというような言葉が囁かれ始めた頃、将来に向けてその技術力をつけて事業内容の一つにしようと、経営会議に提案したが受け入れられませんでした。

理由は「経験がない」「技術者がいない」「リスクが高い」でした。

初めてのことを行う時には、障害となるようなことは大なり小なり発生します。

しかし、他者の力を借りたり、小規模からスタートしたり、リスクを最小限に抑えたり……と、実現に向けた工夫をすることで、当初、難しいと思えることも可能性が見えてきます。

改善や改革そして挑戦……をしない、それは、現状維持ではなく衰退を意味します。何故ならば、周囲が進歩するだけ優位性を失うことになるからです。

「一日中川を見ていても魚は獲れません」

成功までのプロセスには様々な努力を要しますが、それを超えるだけのやりがいも感じられるでしょうし、何よりもそのプロセスを通して組織の活性化や人財育成、といった風土が醸成されます。

時間が足りない

時間が足りない……これはよく聞く言葉ですが、その言動の裏側には共通的な特徴を感じます。
①自分で作業のコントロールができず、周囲に言われるままで振り回されている。
②作業の手順や仕方が拙く非効率になったり、品質不良になったりして、フォローアップなど余分な作業を生み出している。
③好きなこと、優しいことを優先して行っており、難しいことや調整を要するようなこと

の着手が遅れ混乱を招いている。また、何事も突発的になり他者の力などが借りにくい状況を作っている。

……などで、その根本には自分の「仕事の仕方や計画の拙さ」が、あります。

経験を力に変える計画作り

計画を作る習慣のない人の行動には、大人になっても共通的な特徴が見られる……と、言われます。いつも忙しそうにしている、約束が守れない、概括的で具体性に欠ける、先を見ない、他者を巻き込んだ大きな活動をリードできない……と、いったような傾向だそうで、いずれも組織活動をする上で大きな支障になります。

何かを始める前に必ず計画を作る。これは是非、子供の時から習慣化して欲しいと思います。何故ならば、子供の頃は経験による知識が少ないにもかかわらず、次から次へと新しいことに出会います。そんな時でも臆することなく挑戦して欲しいし、失敗することも多いと思いますが、その「貴重な経験を次の力に変える場が計画作り」だからです。

たとえ計画通りにいかないことが発生しても、比較する元の計画があればその原因が調べやすくもなるし、またそこでの経験が次の計画に活かされ、次の失敗確率を下げ、失敗した時の影響も小さくできるようになります。

計画作成で余裕を創り出そう

計画作成の目的は「完成までのリスクを少なくする」「多くの関係者の思考や行動のベクトル（方向性や強弱など）を合わせる」「互いの約束を守り関係者の連携を強化する」そして、「自分の余裕を創り出す」ことなどにあります。

余裕創りの視点は、先ず、完成までの必要な作業の要所要所に「適度な余裕率」を加え、多少の例外発生などにも備えるようにします。過度の責任感などで無理な計画作りをしても長続きするものではなく作業の質低下を招くことにもなります。

次に、自分の責任は放棄できませんが、早い段階から「他者の知恵や力を借りる」ことで、アイディアが膨らみ、より良いものをより早く完了させることも可能になります。

そうして完成した計画を関係者で十分精査し、共有し「協力（支援）関係の強化」が、図れれば、それらはすべて「自分の余裕を創る」ことになります。

計画作りは面倒……と、思うかもしれませんが、計画作りを習慣化すれば、課題解決力や物事を論理的に捉える思考力なども養われ、且つ、計画完了までの主導権を摑む（リードする）こともできます。

先を読む

（事例） 若い社員が課題解決の計画書を持ってきました……が、あまりにも大雑把に感じたので、管理者は、完成時の姿をイメージアップしてください。そのためにどんな作業が必要になるか？　それを実行する時、どのようなリスクが考えられるか？　整理してから今の計画を見直すように指示しました。

見直し結果は、当初の予想より数か月も先になる内容でした。当初の計画で進めたならば、どうなったでしょうか？

より精度の高い計画は「作業の漏れを無くすことと」「作業負荷の見積もりを誤らないようにすること」そして「先を読み、予想されるリスクに備えること」ですが、その精度向上には経験が大きく左右します。経験が浅い時には、恥じることなく先輩など他者の知恵を借りましょう。

また、計画実行時においても、ある作業が遅れたらどうなるか？　円滑に進めるために事前に準備しておくことは何か？　担当者の能力は十分か？　環境変化など様々な混乱につながる要素は発生していないか？　などと、常に先読みが必要です。

先読みの重要性は、問題が発生して対策するより、発生を予測して未然に防ぐことで計画成功の確率を格段に高めることにあります。

その先読みの目を養うためには、何かを始める時の「準備作業をシッカリと行う」ことであり、この先に何が必要かを考える習慣ができます。また、実行中でも「何？　なんで？　と感じたら即座に調べる」習慣をつけましょう。その問題意識と行動が先々に対するセンサー機能（五感）を鋭くしていきます。

実施する作業には順番がある

完成までの計画には、多くの作業があり作業間の関係や着手する順番があります。

作業順序は、最後まで自分一人で行う時には多少の前後関係を間違えても効率低下程度で済みますが、多くの人が関連する時の順番間違えは大混乱を引き起こすことになります。また、作業の組み合わせや順番によっては、完了までの期間が長くなることも、最短でできるようにもなります。

例えば、Aの作業が3日掛かり、Bの作業は4日、Cの作業は2日とした時、直列（順番）に行えば、合計9日を要します。Bの作業が、AやCと前後関係が無ければ並行して（Bの作業を他の人にお願いするなどで）進められます。すなわち、最短で完了するには、AとCの合計5日となります（これをクリティカルパスまたはクリティカルチェーン）と、言います。

～夏休みや冬休み中などの計画を作って家族みんなで確認すると良いですね！

家族旅行はいつにするか？　自由研究はどうするか？　部活は？　余裕（趣味など）をどれ位取るか？　宿題はいつまでに終わらせるか？　優先事項は何か？　など、周囲と調整することがたくさんありますね。

クリティカルパスは決まりましたか？～

計画なしも……必要

長い人生、全てが計画的では味気なく息苦しさも感じます。

他の人に影響を与えることが少ないような時には、行き当たりバッタリ的な行動や晴耕雨読のような心境になることも心を豊かにし……必要なことです。計画無しで、その時の天候や雰囲気などに応じて行き先や食事を決めるなんて……小さな冒険、チョット神秘的な空間が楽しめますよね。また、繰り返し的と思える日常生活においても、工夫しながら自由時間を創り出して気ままに楽しむことが明日へのエネルギーにもなりそうですね。

意図的にそのような時間を創ることは、発想転換にも、気分転換にも、元気回復と、リフレッシュとしても効果的ですね。

準備作業が成否を決める

やるべき作業の完了までに必要な資材や道具を事前に揃える。関係者とチェックポイントなどの確認をしておく……など、実作業を始める前の全ての準備作業を段取りと言います。

すなわち、作業着手から完成までのプロセスに可能な限り想定外を持ち込まないように周到な準備をすることです。

そして「段取り八分」とは、このような事前の準備がしっかりできれば、目的の80％は完了したのも同様ということです。それ位事前の準備が大事と言えます。当日になって、さ〜て、何から始めようか？　では駄目です。
チョット蛇足になりますが……、
美味しい料理、見栄えの良い料理などは、食材の下ごしらえにその秘密があるとのことです。例えば、面取りは、見栄えが良く、煮崩れを防ぎ、口当たりを良くします。また、下茹では、根菜などを柔らかくすると共に、アクや中の水分を出して味を染みやすくするなどの効果があるそうです。
どの道でも「周到な前作業」があり、疎かにすることは許されませんね。

同時に複数のことをしない

どんな作業でも効率よく且つ正確に進めるためには、それなりに理に適った手順に基づいて進める必要があります。それを無視したり間違えると余分な手間暇を掛けたり、混乱やパニックをも起こす原因にもなります。
理に適った手順とは「同時に複数の異なることを

バラバラに行わない」ことです。

（事例）いつも食事内容に工夫を凝らしながら数種類のメニューを手際よく作っているお母さんは、異なった料理を複数作るのではなく、全てを一つの料理として捉え、手順を考えて調理していると言っていました。

どんな作業も同じです。

一日を、この時間を、どのように使うかを決めれば、あたかも一つのことを順序だてて行うようになり混乱することも無く精神的にも楽になります。


計画通りにいかないことも……


どんなに、周到に検討した結果でも、その通りに作業が進むとは限りません。

その予防と対策のために、予兆管理《よちょうかんり》（この先を予想し混乱要素を未然に防ぐための管理）及び作業の進捗管理《しんちょくかんり》（計画通りに進めるための管理）を行います。

そのような管理を徹底しても当初の計画を変更するような時もありますが、それによる混乱を極小化するために、可能な限り早い時点で関係者への説明や了解を得てから変更を行ってください。


決めたことを継続させるには？

三日坊主という言葉があります。何事にも「飽きやすい」「長続きしない」「集中力がない」と、いったようなことを指します。

何かの思いがあって決めたことは余ほどの理由がない限り挫折せずに続けたいですね。そのためには、やろうと決めたことは、曜日や時間を決めるなど日々の活動プロセスにはめ込むことが重要です。

加えて、活動結果をデータ化して記録しておけば、過去との対比など成果が可視化できるようになり更なる励みにもなります。

時間があったらやろう……では駄目です。

約束を守るとは

約束したことも、その間に、病気になったり、緊急事項が起こったり……と、約束した時点で想定されなかったことが起こることもあります。

約束を守るとは、どのような場合でも何が何でも、当初の確認事項通りに行う……と、いうことではありません。約束が守れなくなるような事態発生（予想される）時には、速やかに相手方に、約束の内容変更を申し出て了承を得れば約束を守ることにもなります。

但し、このようなことも度々あるようでは、約束を守っているとは言えません。

そのためにも約束の内容に応じて「余裕を持った約束、計画作り」や「万が一に備えた代替案（例えば交代要員）を用意する」などのバックアップを備えておくことも、時には必要です。

また、計画進行中においては進捗状況を関係者と情報共有したり、前向きな相談、改善提案などを行えば、その約束を重要視している姿勢を見せることにもなり、関係者を安心させ、信頼感を高めることになります。

グループ活動の多くは約束で成り立っています。それを忘れてはいけません。私ぐらい……、チョットぐらい……は、絶対に許されません。

最近、国際間での調達関係が取りざたされていますが、これも約束事が守れるか否か……、その延長線上の話です。

楽しいことを優先する人は……

ある学習塾の調査によると、夏休みの宿題に対して、最初に計画を立てて実施した人は35％程度で、気が向いた時に行うが約40％、残りは終盤に纏めて実施するそうですが、宿題が終わらなかった人も4％くらいになるそうです。
また、子供の頃の「楽しいことを優先し、努力を後回しにする傾向」は、大人になっても残るようで、宿題を遅くした人ほど、大人になって深夜の残業時間も多い？　と、ある大学教授は言っています。（令和4年8月21日読売新聞より）
また、そのような人は、納期遵守や目標達成などがプレッシャーになってのストレス過多となるなど、早期退職の理由としても多いようです。
良くない習慣は早い時期に改めたいですね。

火に油を注ぐ

〝すみません、忙しかったのでできていません〟納期になってよく耳にする言葉です。

〝どうしてできなかった（遅れた）のですか？〟の質問に対しては、〝時間が足りなかった、別の頼まれごとが入ってきた、依頼内容に誤解があった、トラブルが発生した……〟などの言い訳が定番ですが、相手に更なる怒り（自分がお願いしたものはそんなに軽々しいものなのか！）を買い、依頼者からの信頼感を一瞬にして失うことにもなります。

納期になっての言い訳には説得力がありません。

計画の継続

人は、役割が変わることも、移動する機会も多くあります。進学する、クラス編成が変わる、引っ越しする、転勤する……などです。伴って、自分の関係しているすべての計画が、その節々で完遂《かんすい》できるとは限りません。

前任者から引き継ぐ計画、自分が立案して完遂させる計画、後任者に引き継いでもらう計画などがあります。

そのためには、計画ごとに、目的、目標、実行状況、課題などを、他の関係者にも分かるようにしておきましょう。

折角の良い計画も、後任者に引き継げず、廃棄されるのは辛いことです。

【球状のサイコロの作り方】

球を二つに割り、半球の中に十文字の溝を表面に突き抜けないように作ります。

これで４方向の溝はできましたが、さらに、中心から奥に向かって同様の溝を掘ります。

残りの半球にも同様な溝を掘り、出来たら、溝の奥の真上（表面）に、１から６までの数字を記載します。最後に溝を転がる程度の大きさの球を入れて半球を接着したら完成です。

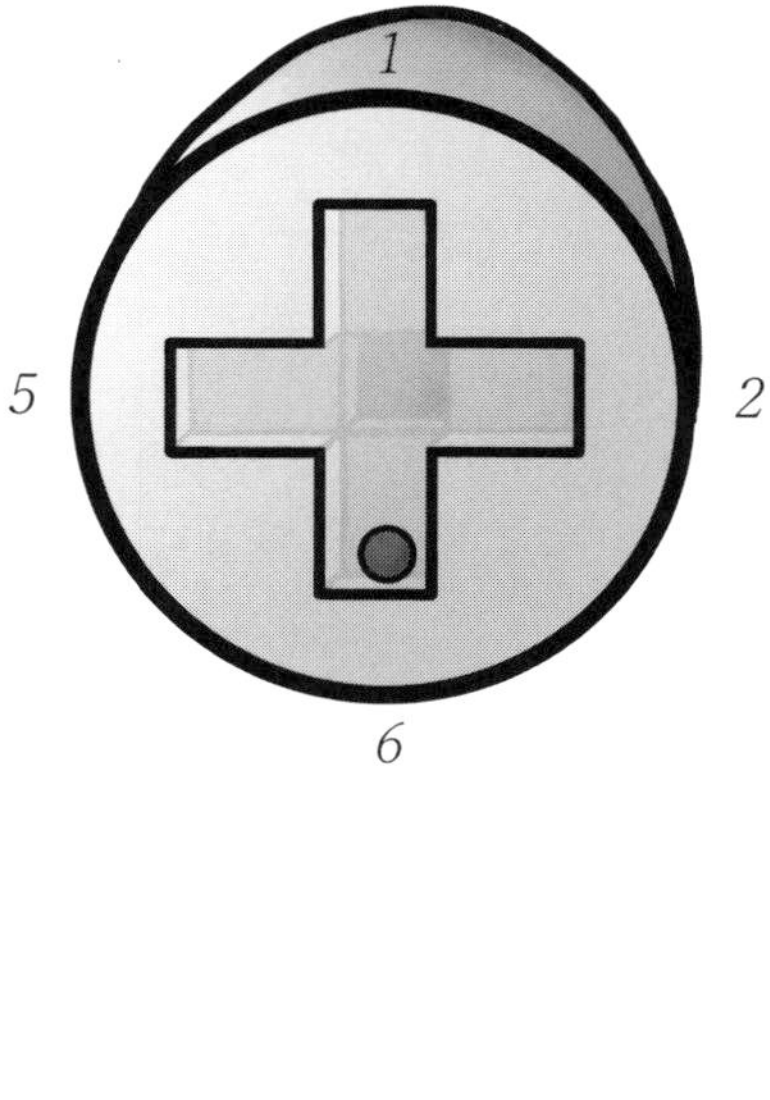

第4章　グループで活動しよう

人は生涯を単独で過ごすことは不可能に近いと思いませんか？

家族や入学、趣味の友達、クラブ活動、入社、そして故郷に住居を構える……などと、様々なグループ（関わりの中）に属することになります。

そこでは、メンバーであったり、リーダーであったり、いろいろな役割を担当することにもなります。

そのグループの目的や立場を理解し、それぞれの責務を果たすことが、組織人（グループの一人）として大変重要な務め（義務）と、なります。

どのようなことに留意して関われば良いのでしょうか？

組織（グループ）の力は個人の足し算ではない

武田二十四将と言われるように武田軍には武勇の将（武術に優れ、勇気があるリーダー）が揃っており、上田原の戦いでは村上軍よりも勢力的に優勢でしたが大敗しました。

その原因は、多くの武勇の将が集う会議では、とかく総花的《そうばなてき》になり、実践においては我先に功を上げようとするスタンドプレイ（目立つことを優先した行動）が多くなるなど、組織力の弱さが敗因と言われています。

良い組織は、優秀な個人の集まりではなく「組織目的を果たすために必要な能力の組み合わせ」です。すなわち組織の共通目的にそって、役割分担（支えあう関係）やそれを維持運営するマネジメント（統率力）などが備わって総力を高めますが、それが欠ければ単なる集団（烏合《うごう》の衆）であり、集まることの意味が失われます。

継続的か一過性か？

その組織も大きく二つの形態に分けられます。

その一つは、学校のクラブ活動やプロのスポーツ団体、会社運営などに見られるように、進化しながらいつまでも継続する組織です。

例えば、あるクラブ活動で、今年は〝県大会で3位以内に入ろう〟と、いったような具体的数値目標を掲げて活動します。達成できれば、翌年メンバーは替わっても〝次は全国大会でベストテンに入ろう〟などと、クラブ活動を継続しながら強い組織作りを目指していきます。ここでの成功（進化）の鍵は「人の育成・技術のレベルアップ・伝承」です。将来を見据《みす》えた人の育成が継続的に行われて組織力の強化が図られます。

但し「かけがえのない人を創らない」ようにすることも大事です。

何故ならば、何かあったら、なんでもその人に頼るようになり、周囲の人が育たなくなるからであり、また、その人が離れた時には組織崩壊にもつながります。

他の一つは、一定期間内で特定の目的達成に向けた活動を行い、終了と同時に解散する一過性の組織です。プロジェクト活動やタスクフォースと呼ばれています。

学校内行事では体育祭などが該当するでしょう。

一過性の組織では、組織を編成する時点で目的を達成するために必要な能力の組み合わせ（人財集め）を行います。しかし、学校行事の体育祭などの場合には、すでにクラス分けは決まっている場合が多く、人財集めではなく誰がどの種目に出るかなど適材適所化が大きく結果を左右することになりますね。

この組織での成功の鍵は「限られた人財の活かし方」となります。

横綱か？　ボクサーか？

（事例）ある改善活動（プロジェクト活動）を仕切っていたリーダーは「より優れた結果を出すために、活動費用の追加と完了日程の延期」を再提案していました。

ベテランのAさんは、企画段階での調査結果と何が異なりますか？　その費用はどこから捻出《ねんしゅつ》しますか？　当初に掲げた「投資対効果」が、実現できますか？　また、納期遅れに対して関係者の合意は取れますか？　と、いった問いに対して十分に応えられませんでした。

このような事態は企画段階での調査・検討不足（不備）が原因であり、活動途中で当初の予算や納期、投資効果などの約束事（制約条件）を変えるようなプロジェクト活動で「失敗」と、言えます。

しかし、現実にはこのような事例は少なくなく新聞紙上などでもよく見かけます。

最近では、今、準備中のイベント企画なども、当初予算を大きく超えて「司令塔不在……、見通しの甘さ……」などと、問題視されています。

自分のお金ならば、検討不備だとか簡単に費用の追加などはできないと思うのですが……、マネジメント力の不足ですかね？　それとも責任感の問題ですかね？

プロジェクト活動の原則は「横綱養成ではなく、ボクサーの養成」です。すなわち、横綱は強くなるための体重増加などに制約はありませんが、ボクサーは体重別にクラス分けがされており、その枠内（制約内）で強くならなければいけません。

プロジェクト活動にも守るべき制約（予算や納期など当初に決めたこと）があり、その中で目的を実現することが義務付けられます。

プロジェクトのチェックポイント

あるプロジェクト活動責任者は、企画段階でスタッフに対して、三つの視点からのチェックを行っていました。
①作れますか？
作るための仕様（条件）が具体化していますか？　実現する技術なども備わっていますか？　新技術の検証はどのようにしましたか？　予想されるリスクは何ですか？　などと、会話するそうです。
②売れますか？
その商品はお客様のニーズに応えていますか？　依頼側の責任者が了解していますか？　よくあることですが、製造側の理論で「良いものを創る」と自負しますが、「利用者側での必要なもの」とミスマッチするケースも少なくありません。
③儲かりますか？

オリジナリティーなどがあって、より高い市場価値が得られますか？　利益は出ますか？　投資はいつ回収できますか？

このように企画・計画段階で基本的なことをシッカリと確認することで失敗確率を下げられると言っていました。

また、活動が長期間にわたる場合には、実行段階においても、進捗度はどのように見ていますか？　クリティカルパスやチェーンはどの作業でどのくらいの期間ですか？　各作業責任者は誰ですか？　この先のリスクはありますか？　余裕率はどれだけですか？　と、いったように、タイミングに応じた具体的な内容で会話するとのことでした。

多額の費用や大勢の関係者を巻き込んだ活動を成功に導くには「責任感とマネジメント」が、絶対に欠かせません。

他人任せにするのではなく、自らの目で確認し、指導することを忘れないでください。

伝馬舟

今ではあまり見かけなくなりましたが、漁村の小さな手漕《てこ》ぎ舟（伝馬舟）（図参照）をご存知ですか？

時代劇映画の渡し船などにも出てくる数人乗りの小舟です。

その舟の駆動は手漕ぎのオール（正式名称は、櫓《ろ》）ですが、遊園地などのボートのオールとはまるで違い、操れるまでにはかなりの練習が必要です。

櫓を支えている支点が不安定で、海が荒れて波が高い時などには、より高度な技術力が求められます。

子供の頃、漁師の息子達と伝馬舟に乗って魚釣りを楽しみましたが、教えられたか？　自然に覚えたか？　……、乗る前に、次のような確認も忘れず行っていました。
①舟を操舵する技術力や万が一転覆した時にどれくらい泳げるか？　を確認します。
（当時は、ライフジャケットなど誰も着けていませんでした）
②潮の満ち干の時間、天候、風の強さ、波の高さなど環境条件を確認します。
③それらを勘案して、何を釣りにどこまで行くかを決めます。
この頃にプロジェクト管理（目的を達成するためのマネジメント）など知るはずもありませんが、これを怠ると生命の保証がなくなることだけは全員が分かっており、自然に身に付いたことだと思います。

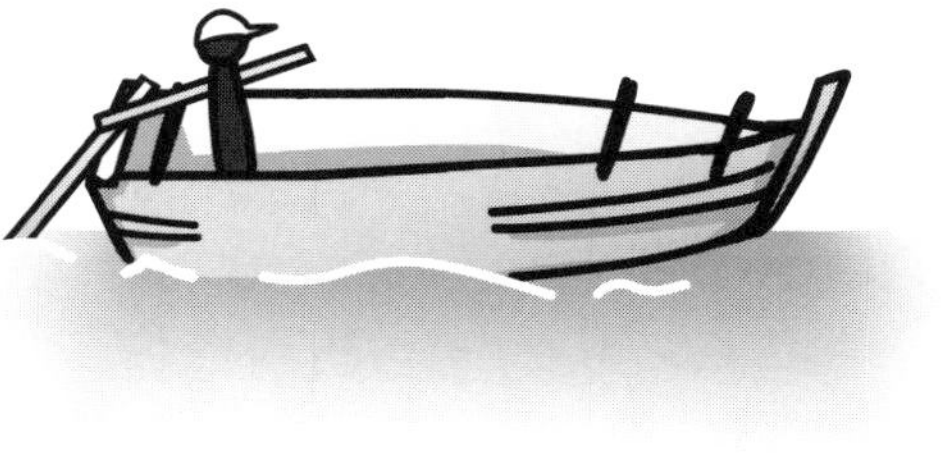

置かれた状況下でリスクを小さくしながら最大の効果を発揮させる……、今思えば、正にプロジェクト管理の基本です。

良い子と人財

良い子は上（上位者などの権力者）を向いて活動し、人財（優秀な人）は目的に向いて行動します。

「上を向いて」とは、上司の言いなりや指示されたこと（手段）を目的として、何も疑問を感じないで行動するようなスタイルであり、そのような進め方では自発的に組織成果を高めることや自分自身を磨くことなど……は、期待できません。

一方、人財は、常にその活動の「目的を理解」して、自ら目的を達成するための工夫や努力、場合によっては提案なども行うような人を言います。

物事に対する信念や責任感がなければ人財にはなれません。

（事例）　Aさんは会議で美しい表や膨大な資料を作って説明をしていました……が、意見百出して活性化しているようにも見えましたが、議論は混乱し、まとまらず、時間ばかり経過していました。

対して、Bさんの提案はいつも短時間で結論に結びついていました。

その違いは「目的が明快か否か」でした。

夫《そ》れ戦勝《せんしょう》攻取《こうしゅ》して、その功《こう》を修《おさ》めざる者《もの》は凶《きょう》なり

孫子の兵法の一つで、努力して目標達成しても（戦って勝っても）、その目的が達成されなければ失敗と言えます。

何事も、目的を忘れないようにしましょう！

～今、あなたが行っている活動の目的や目標、及び手段は何ですか？　混在していませんか？～

リーダーの三つの役割

継続する組織のリーダーには「三つの役割（責任）」があります。

その一つは「組織の目的・目標を達成する」ことです。組織目的に沿ってメンバーを動機づけ、全員の活動の方向性を揃えて総力をフルに発揮させることです。

次は、組織に所属する「メンバーの成長をリードし、自らも育つ努力をする」ことです。

そして最後は、将来に向けてより存在感を高めるために「活動内容を進化させ、競争力をつける」ことであり、健全な発展を図ります。

孔子の言葉に「自分の成長、部下の成長、そして組織の成長を楽しむ。また、子々孫々に良き伝統を伝え、自分が良き手本として歴史に残ることを楽しむ」と、あります。

上位者になるほど人脈

リーダーに指名されたら不安を感じますか？　また、何から始めますか？

直ぐにでも期待に応えようと無理をしても、思うようにはいかず……、自信喪失や周囲に対して混乱を招くことにもなりかねません。

一般的な昇格条件は、現ポジションで「すでに発揮されている能力」と「今後に期待できるポテンシャル」の両方を見て決めています。

後者の期待値は突然に備わるものでもなく、これからの経験や努力によるものです。最初は、期待に応えられませんが、自信を持ってゆっくりとスタートして下さい。

しかし、これまで以上に「人脈を増やす」ことを意識してください。

理由は、上位者になるほど、より広域に関連するような課題を担うことになり、それに応えるためには一人ではなく、多くの力を借りて解決することが不可欠になるからです。

単に知り合いを増やすのではなく、信頼関係のある人脈づくりが重要です。

成功は「自己能力×人脈」ともいいます。

人脈は誰でも良いわけではありません。同じ系統、系列、同窓……などを超えて、広く異分野での人脈ができると活動域も広がり、判断時においてもより客観的且つ広い視野での見方ができるようになります。

（事例）　ある友人は私的な付き合いが非常に多く、忙しいが楽しいと言っていました。

海外の方との付き合いも多く16ヶ国語にもなるそうです。いろいろな文化や考え方が知れて仕事にも参考になることが多いそうです。

自ら育つ

部下（メンバー）を育てるために、今いる自分の席（ポジション）を空けようと考えたことはありますか？

動機づけの一つであり、まず自分がより上位の席に昇格するための努力や勉強するような姿を見せたり、自分の責務の一部を部下に任せたりします。それにより部下自身が期待値を知り、そのポジションでの技量不足を実感し、自らが上位の席を目指して努力するように仕向ける方法です。上位ポジションになるほど重要な動機づけになります。

低いレベルのポジションであれば、言い聞かせて育てることも必要でしょうが、高くなるほどそのような支援は不要であり、周囲の動きへの反応が鈍かったり、自らが育つ意志のない人を無理やりに引き上げても、グループのためにも本人のためにもなりません。

「意志あるところに道がある」ですが、その逆も真なりですかね？

心を掴む

（事例）ある管理者の口癖は〝お砂糖の入ったコーヒーと、明日のために今日を努力しない人は苦手です〞もう一つ〝チーム全員の全ての仕事を理解できていません。質問しますので教えてください〞でした。この自己紹介の段階からメンバーの心を摑む工夫をしていました。

チーム内は勿論、外に対しても同様なスタイルで多くの人と会話しながら情報収集やチームへの要望、意見、提案などを聴いていました。その活動を通して、メンバーを理解し、課題などは、自分なりに整理し、関係者に投げかけ、巻き込む……と、いった行動を日常的に続けていました。

次第に、周囲との前向きな会話が増え、メンバーの特徴をフルに活かした組織活動が機能し始めました。

呼び水

リーダーにとってメンバーとの会話は大事ですが、耳触《みみざわ》りの良い情報は聞けても上下関係や利害関係などが絡めば、辛口の進言などはなかなか聞けません。

（事例） あるリーダーは、メンバーの仕事に対して、周辺まで含めてより「大きな視野」で見てください。問題発生時には、その「根っこ」に隠れた原因を見逃さないでください。を、口癖のように部下に話しかけており、いつの間にか「大根」が浸透し部下から様々な情報がもらえるようになりました。

情報も水の流れに似ており、下流から上流へは流れ難いですが、呼び水（上位者からの会話）を、うまく使って「逆流＝進言や提案」も多くなり組織運営の活性化に活かしていました。

呼び名が束縛

優秀な秘書は、担当役員が職務に専念できるように郵便物などに目を通し、必要に応じて振り分け、伝達、スケジュール確認……などと、前向きに動いていましたが「秘書という枠」を意識してか？　能力を持て余しぎみ？　……と、役員は感じていました。

（事例）役員は、秘書と呼ばずに「パートナー」と呼び方を変えました。その結果、本来の秘書業務は当然ですが、可能な限り役員に同行し、調査や各種書類作成、関係部署調整などと能力を十二分に発揮し潑剌《はつらつ》と活躍し始めました。

秘書の枠意識がなくなり行動域が拡がりました。

２年生（中間）は難しい？

中学２年生、高校２年生は難しい立場と言えます。クラブ活動に例えてみると、１年生の時は指導を受けるのみ。３年生はこれまでの経験などを伝えることに集中できます。しかし、中間の２年生は、３年生に対しては教わる姿勢を継続しながらも、１年生にはそれなりの指導や手本も示さなくてはなりません。

この立場では責任感の強い人ほど、それなりのプレッシャーもかかってきます。

そんな時、難しく考えすぎずに「誰もが通る道」と、思えば、肩の力も抜けて自然体で臨めますが、可能な限り上級生との会話を増やすことが良い結果につながると思います。

相談でも、なんでもない会話でも……、そんな会話の中から、上級生の考え方や苦労話なども聞けて、気づきを得て自分を大きくしていきます。また、そのような後ろ姿を後輩に見せ、多くの気づきなども伝えられれば最高の2年生になります。

功と徳

西郷隆盛の言葉に「功《こう》ある者には禄《ろく》を、徳《とく》ある者には地位を……」とあります。すなわち、功績には褒美を与え、人格者（優れた人）には地位を与えなさい。功績だけで地位を与えてはいけないとも理解できます。
人格者……平たく言えば「何が正しいかを考えて見分けて実行できる。人に関心がある。そして立場に相応しく自分を磨いている……など、他者から尊敬される」といったような人を言います。
身近なところで考えると、学校のクラブ活動などで、強いとか速い、上手といったスーパー選手がチームのキャプテンとしても相応しいかどうか？　は、別の視点からの判断も必要になるということですね。

魅力を感じさせる

仕事はできるが何故か人望が無い。いい人だけどそれだけ。技術力は高いが自己主張が強く他者とうまくいかない……などと、このような人には、ある一面での尊敬はできますが……、人としての魅力は感じません。

その一方で、信念や目標などしっかりした軸を持って行動しているだけではなく、どのような立場であろうと、同じ目線で他者と接することができるような人、思いやりがある人、上品な人……、このような人には惹きつけられる魅力を感じます。

上位者になるほど、魅力的でありたいですね。

奢《おご》れるリーダー

武田信玄の重臣が筆録されたとされる「甲陽軍鑑《こうようぐんかん》」に、国を滅ぼす大将の特徴として、次のように書かれているそうです。

「愚か」「憶病」「強すぎる」「利口すぎる」です。

強すぎる大将は、知恵に優れるが気性が激しい。常に強気にでるので忠臣を討ち死に追いやり、周りは「猿の如く（臆病）なる侍」ばかりになるそうです。武田家滅亡の最後の大将「武田勝頼」がそのようでした……とも、言われています。

一方、利口過ぎる大将には、うぬぼれがある。何事も自分の才覚頼みで家臣に疑心を抱き、のっぴきならぬ対立を招くそうです。

指導者には「バランスの取れた資質が肝心」とあります。（平成29年9月2日読売新聞より）

これは今でも通用する「驕れるリーダーへの戒め」として胸に刻んでおきたい言葉です。

上位者になればなるほど、常に我が身を自分自身でチェックしなければなりません。

組織が滅んでから猛反省しても遅すぎます。

～みなさんは、自分自身のチェックをどのようにして行い、見直していますか～

自分をよく知っている劉邦《りゅうほう》

紀元前200年頃、劉邦は圧倒的な武略を誇る項羽（楚軍《そぐん》）を倒して、漢帝国を興しました。

その劉邦は「策《さく》を巡《めぐ》らすことでは張良《ちょうりょう》に及ばず、人心の不安を除くことでは蕭何《しょうか》に及ばず、大軍を率いることでは韓信《かんしん》に及ばず、しかしこの三人の部下を使いこなした」ことで、大変な戦にも勝てたそうです。

上に立つ人は、すべての面で部下を凌駕《りょうが》するのではなく、凌駕はできないことを自覚し、組織目的に沿って部下を活かして使う「マネジメントで総力を発揮する」ことが絶対条件です。

それぞれの役割

日米対抗ソフトボールの第3戦が横浜スタジアムで行われ、選手達は熱い闘いを展開していました。

日本は最終回までよく守りましたが、3対1で負けており、最終回の打順も8番からで……、多くの人は負けが濃厚と感じたのではないでしょうか？（私もその一人）

ところが、ヒットや四球などで４番打者までつなぎ、２アウト満塁の最大のチャンスを迎えました。ここまで手に汗握る時間でしたが、そんな球場の盛り上がりに応えてか「逆転・満塁・サヨナラ・ホームラン」という劇的なシーンが展開されました。

つなぐ人、走る人、打つ人、監督やスタッフ……、それぞれがそれぞれの役割を果たしたチーム力の強さを感じました。

みなさんも、自分の役割をしっかりと認識して活躍していると思います。

～今、あなたはどのような役割を意識して動いていますか？～

一人何役？

組織活動には大小様々な活動があり、必ずしも構成人員にあった活動内容になるとは限りません。また突発的なイレギュラーなども発生します。

取り組む内容やその時々の状況などを考慮しながら柔軟にベストな布陣を組み、解決に臨むように心がけなければなりません。

状況によっては、リーダーであることを忘れ、時にメンバーになることも、脇役を演じることも重要です。しかし、どんな時にでも、最終責任は「リーダー」にあります。役職（ポジション）に拘り過ぎて「困った存在」には、ならないようにしてください。

徐々に蝕《むしば》まれる

家族も立派な組織です。構成する人も世代も、価値観なども様々ですが、それぞれが役割（明文化されていないことが一般的ですが……）を意識して、状況を見ながら臨機応変に組織の一員としての行動をしなければなりません。

（事例）四人家族の食卓風景です。母親はみんなのために健康にも良いと思えるような食事を考えて食卓に並べました。それぞれが食卓に着いたものの、新聞を見ながら食事する人、スマホを操作しながら食事をする人、ＴＶに夢中な人……、当然そこには家族の楽しい会話などありません。それぞれが食事を終えて席を離れ、最後に母親が後片づけをしていました。やがて母親も食事を終えて自分の分だけを片づけるようになりました。

こんな風景が日常であれば、その家族（組織）は病んでいる……と、言えないでしょうか？　普段は当たり前のように感じている行動も、一人ひとりの僅かの油断から徐々に蝕まれていきます。

家庭教育

家庭は、子供が成長するための生活習慣や豊かな情操、思いやり、自立心、躾、基本的なマナーなど、日々の食卓などでのふれあいを通して身につける重要な場所であり、時間だと思います。

（事例１）音楽コンクールのピアノ伴奏を無事終えた女の子は、これまでの練習疲れと緊張感が取れてホッとしたのか？　翌日学校を休みたいと言いました。

両親は了解し、気分転換にお爺さんを誘い三世代で買い物やスポーツをすることにしました。

女の子が、合間にスマホを見ていると、母親が〝今は、学校では勉強の時間中です。スマホは一切駄目です……〟と、注意をしていました。

最近では、家庭教育のために学校を休んでも欠席扱いにはならない。と、いった制度も検討されているようです。

体調や心の僅かな変化を察する、ストレスを和らげる、三世代の会話での気づき……と、いった学校では目が行き届かないようなことをフォローする……など、家庭でのメンタル面での健康診断は疎かにはできませんね。

その一方で、

（事例２）正装した親子三人が小学校の入学式に向かっていましたが、学校に近い道路の信号のない場所で横断しようとしていました。新入生と思える子供は、幼稚園で教えられたか？〝お母さん、ここは横断歩道ではないよ！〟と、言っていました……が、両親は子供の手を引き強引に渡りました。

直後の入学式の校長先生の挨拶では〝道路は横断歩道で信号をよく見て手をあげてわたりましょう〟と言っていました。

この新入生は混乱しないでしょうか？

厳しすぎても緩すぎても……

家族など少人数組織の場合は、そこに発生した問題なども各個人の自律や会話などで穏やかに解決できることが多いと思いますが、関係する人が多数になれば、組織目的を果たすための役割やうまく運営するための規則とか罰則も明文化しておく必要があります。しかし、その規則や罰則が厳しすぎれば関係者の行動をがんじがらめにして組織運営（動き）を悪くし「独裁組織」や「非効率組織」になります。逆に緩ければ無法化された「退《たい》廃《はい》組織」になり、いずれも本来の姿からズレてきます。バランスが重要です。

ところで交通違反に対して、歩行者にも罰則を厳しく適用している国もあるようです。信号が赤の時の横断や歩道ではないところを横断しても、日本円で1万5千円くらいの罰金が科せられるとのことです。スマホを見ながらの横断も罰金になるようです。

同様に、日本でも歩行者の交通違反に対して罰則はありますが、実際には交通違反切符を切られることは殆ど無いようです。いずれも交通事故撲滅を目的にしていますが、この違いをどう思いますか？

最近、歩行者や自転車事故が増加しており、警視庁は自転車に対して交通違反切符を切るようにしたとのことです。

規則と現実

奨学金を受けて通う生徒は金銭的に厳しく寒い時期でもコートなど買える状況ではありませんでした。近所のお兄さんのお下がり（柄物）のジャンパーを着て通学したところ、学校から「規則ですから柄物はダメ」と言われ、寒い中コート無しの通学を強いられました。同様に女子高生は、夏物の半袖ブラウスが無く、長袖をまくって着ていました。それを見た先生から「どこへ殴り込みに行くのか」と、言われ、悲しい思いをしたと聞きました。

その他にも、地毛の頭髪を黒く染めなさい。髪の形は……などと、現実を見ない？　規則が優先されているようなことに遭遇します。また、先日の新聞投稿欄に「ある時期から夏物、冬物への衣替えが一斉に行われ、個々人が感じる体感などによる違いは考慮されない」と、ありました。

規則は変えることも、内容によっては柔軟な運用も可能なはずですが、どうしてこのように一律的な結果になるのでしょうか？　判断する人にすれば楽かもしれませんが……。

規則を運用する責任者の「状況認識や良識、勇気など……」を、期待したいですが？

令和5年11月6日の読売新聞編集手帳に次のような記事が出ていました。

「生徒達自身で校則を見直す取り組みが進んでいる。……ある学校では、校則改正が実現した……」と、ありました。

自ら動いて……素晴らしいですね!!

お堅い企業？　としてのイメージがある銀行でも、最近は制服ではなく私服で業務にあたるところも出てきたようです。

環境が変われば規則も変わる

（事例）新興団地の誕生と共により良い団地づくりのための自治会が発足しました。「住みやすい団地」といった共通目的で団地の運営規則も作られましたが、それから数十年、歳月と共に住人の入れ替わりや世代も規模（所帯数）も大きく変わりました。

年齢が高くなり当番制の仕事ができない、空き地などが目立ち草刈りが大変、一人暮らしの高齢者見回りなど新たな役割が増えた……などと、当初想定しなかった多くの問題が目立つようになり、今の規則では運営が難しくなりました。

また、長い間の習慣や一部の実力者の考えが正当化されてくるようなこともあり、その運営は複雑を極めていました。

今の規則に従って行動を規制するのではなく、自治会の原点である「住みやすい団地」のために、環境変化に合わせて規則を見直すことが重要ではないでしょうか。

原点に立ち返って、現状を見つめることでより良い解決につながっていきます。

自己中心

自社の都合で公共物の街路樹を伐採する……このような重大事に至らないまでも、趣味を優先して仕事など行うべき義務を疎かにする。他者からの助言を無視する。言われたことさえ行っていれば楽と考える。日々が楽しければ良い……と、いったような自己中心的な言動は周囲にも迷惑をかけることにもなります。

本人の問題としても否定できませんが、そのような言動が出てくる背景には、家庭内の会話や所属している組織活動にも大きな問題があると思えます。

管理や教育、指導などが緩すぎませんか？　適切な動機づけがされていますか？　……と、いった視点からの再チェックが必要かもしれませんね。

親身になっていますか？

児童の登下校時の見守り活動について関係各所に相談してみました……が、
警察では、旗など持って行えば事故時などに責任が発生しますよ！　学校と相談しては？

学校では、地域に任せています！

地域では、当番の人に伝えます。

関連するボランティア団体では、関係各所に問い合わせします……と、いったような画一的で自分の立場を教えてくれるだけ？　で、忙しいのかもしれませんが、いずれも親身になって、自分の問題として取り組んでいるようには感じられませんでした。

ある県の調査によりますと、信号の無い横断歩道で止まってくれる自動車は10～20％とありました。学童の事故防止には、ルールだけではなく、分かりやすい指導や大人の背中、地域でのフォローアップ、マナー、罰則など、様々な側面からの支えが必要と思えます。

～安全に渡れる横断歩道について、あなたの周囲ではどうですか？　何が問題ですか？　何ができますか？　みんなで考えてみませんか。～

何かあったら言ってきて……

先生が、上位者が、先輩……から「何かあったら言ってきて……」と言われた経験があると思いますが、言われる側の誰もが「先ずは自分の力で解決しよう」「精一杯頑張っているので……」などと、自助努力もしているし「こんなことは言い難いし……」「もう少し頑張ろう」と、考えることが多いのではないでしょうか。

往々にして相談に行く時には、問題が大きくなりすぎていることが少なくありません。

指導者的立場の人から状況を見ながら、時々声掛けするなど働きかけ、話しやすい雰囲気づくり、そして相談などのタイミングを逸しないようにすることが、より親身になって……だと思います。

忙しくて、そこまでは難しい……と、思われるかも知れませんが、軽んじられないことです。

万全を期したつもりでも……

少し前になりますが、完璧と思える装備のイージス艦とコンテナ船の衝突事故が起きました。続けて2度も、そして多数の犠牲者が出たことは悲しいことです。

何事も刻々と変化する状況に対して、常時、観察し、異常に対し機敏な対応するなど、普段から教育、指導、厳しい訓練も行われていたと思います……が、チョットした油断やミス及び想定外なことなどから大きな事故につながることもあります。

孫子の兵法に「勝ちを予想できるが、必ずしも勝つとは限らない」すなわち「相手（自分以外の要素）が関連する」と、いうことです。

多くの場合、完璧はあり得ません。必ず「事の重要性に応じて臨機応変なフォローアップ」を忘れないでください。

境界線プラスワン

仕事の分担、団体スポーツのポジション、家庭内の役割……などと、複数の人が係わることには必ずと言えるほど互いの責任範囲などを示す境界が出てきます。国境や県境、住宅の敷地などのようにハッキリしている境界線もありますが、人との関わり方などにおいては明確な境界線がありません。

その時々の状況で判断をせざるを得なくなりますが、双方の歩み寄り不足で隙間が生じて問題発生につながることも少なくありません。

そんな時、境界線を「幅」で捉えることができないでしょうか? すなわち、責任と思えるところから「プラスワン」相手の身になって気配りするような考え方です。

それでもお互いの気配り方が異なることから起こる問題も考えられますが、信頼感をもって接すれば、その間に「ふさわしい幅」が徐々に強化されていくのではないでしょうか。

特に家庭など小さな組織では「ふさわしい幅」が欲しいですね。

選手と補欠

学生時代には、なにがしかのクラブ活動に参加して、練習し、大会などで勝ち負けも経験していると思います。

(事例) いつも団体戦で選手として活躍していたAさん、初めて遠征チームに選ばれたBさん……共に、試合会場に臨みましたが、二人とも補欠に回り出場機会もなく、不満を感じていました。しかし、何度かそのような場面を経験していくうちに、不満は消えていきました。

プロ集団と違い特に義務教育レベルのサークル活動では、勝つことだけではなく、体を鍛え、礼儀作法を学び、チームメンバーとしての心得なども学ぶ大事な場です。

強い。速い。上手……。だけで、正選手を決めるとは限りません。経験させる。緊張感を持たせる。切磋琢磨させる。勝つ喜びや負けるくやしさを感じさせる……と、そのチームを率いる先生の深い考えでその都度メンバリングがされていました。

知人が増えた

見知らぬ？　子供達からすれ違い時に挨拶をされました。一瞬、誰かな？　と、思いましたが、７年間の下校時見守りで「挨拶していた子供達」でした。

幸いに見守り期間中無事故で終え、そのご褒美として、孫のような世代から挨拶されて「世代を超えた知人が増えた……」と、心から喜びを感じました。

何事も長く継続していれば、心が豊かになる……と、聞きますが、正にそうですね！

幸せと感じる時は？

やりがいのあることをしている時。自分の存在感を感じた（認めてもらえた）時。将来に夢や目標が持てる時。友達や上司、部下などで良き人に恵まれた時。目的が果たせた時。仕事と家庭が両立できる時……などと、幸せと感じる時はいろいろありそうですね。

～家族やクラス、部活の仲間と話し合うのも良いかもね！　普段気がつかなかったことが見えてくるかも……、又、そのような機会を持つためにあなたは積極的に働きかけますか？　待ちますか？～

第5章　違いを理解して会話しよう

あの人の話は心に響く、あの人は上から目線で楽しくない、挨拶が長い……と、いったようなことは、身の回りでよくありますよね！

何がそのような印象を与えるのでしょうか？

話す側には「伝えたいこと」があります。聞く側には「興味や理解する能力」があります。

また、人それぞれに異なる文化や思想などもあり価値観も変わってきますね。

そんな時、理解しあえる会話や弾む会話はどのようにするのでしょうか？

お薦めの本

会話していて、常にわくわく感を抱かせる映画監督は一日に一冊（様々な分野の本）を読むそうです。職業柄なのかもしれません……が、その人に薦められた本を何冊か読んだことがあります。薦められた理由は勿論ですが、他に自分なりに感じる新鮮な部分も多くとても参考になりました。自分で好きな本を探して読むのも良いですが、とかく興味のあること、今の自分に関連するジャンルに絞られる傾向になりがちです。

一方で薦められた本にはそれを超えた別世界で得るものが多く、薦められたり、紹介されたような時には躊躇《ちゅうちょ》せず必ず読んでみましょう。推薦されたこと、自分だけでは見つけられなかったこと……など、2倍、3倍に得した気持ちになり、話題も豊富になります。

最近は、それぞれが気に入りの本を持ち寄り、本の魅力を伝え、質問に答えながら、最後に参加者全員で一番読みたくなった本を決める「ビブリオバトル」が、行われています。そのような場に参加するのも良いですね。

事を荒立てない

平成29年に発表された文化庁の国語に関する世論調査結果によると「人間関係を優先し事を荒立てたくない」が理由で、議論を避ける人の割合が増えて「自分の意見を主張しないが60％」「人間関係とは切り離して主張するは21％」だそうです。現代社会に求められるコミュニケーション能力を「空気を読む」ことだと考える傾向が強いと分析しています。

会話には「空気を読むこと」も大事ですが、そのことと「意見（異見）を言わず議論を避けること」とは違います。自分の考えは伝えなければ相手には分かりませんし、議論の場に参加してダンマリでは責任放棄にもなります。逆に非難にも似たような言葉の応酬や頑《かたく》なに固執し、主張し続けることも必ずしも正しい方法とは言えません。

「十人十色」と、言われるように、人が集まれば、その人数分だけ異なる意見が出ます。単なる調査報告や意見交換レベルであれば、そのままで会話を終えることもあるかと思いますが、結論を求められるような場合に、事を荒立てないために真の問題まで切り込まないとか、結論を先送りすること……などは、多くの場合許されません。しかし、現実にはそのような場面に度々出会います。何故でしょうか？

日本人の特徴として、争い事を好まない。自己主張がない。突出を嫌う……などと、よく言われますが……、そうであるならば、そんなネガティブと思わせるような特徴はみなさん一人ひとりから払拭《ふっしょく》する時期に来ているのではないでしょうか？

世界で活躍するために！

会話の原則

どのような会話でも必ず原則があります。

それは、話し手には「伝えたい意図」がありますが、聞き手には、それを「理解する能力レベル」や「興味」があります。そして、ＴＰＯを弁《わきま》えることも重要です。加えて、

もっと深刻なことは、文化や宗教などそれぞれの立ち位置の違いからくる考え方の相違です。(図表参照)
会話には、このような複雑な違いを弁えて行うところに難しさがあります……が、良い会話にすることも不可能ではないと考えます。その基本姿勢は「多様性を前提とし、一つ上の共通の立場に立った視点から会話すること」ではないでしょうか?
例えば、身近な友人とのトラブル発生時に、個別の問題に対して、お互いに自分の不都合だけを取り上げて、相手を否定したり、非難したりを繰り返せば、「友人」という大事なものを失うことにもなります。見方を変えて「大の友人との信頼関係の維持向上」などと、より上位レベルで捉えると、相手の立場で考えたり、許容したり、前向きな提案などが先にきて、良好な友人

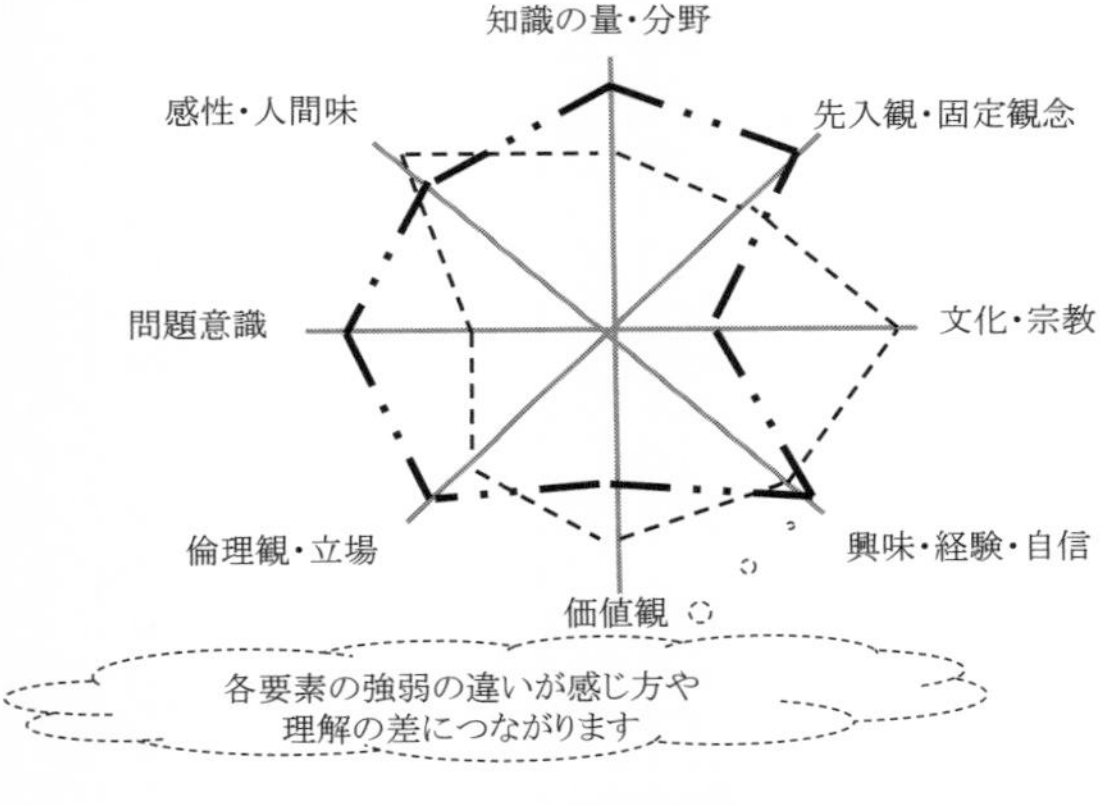

感じ方や理解の差

関係が、より強固になっていくと思えますが、如何でしょうか。

今、世界の幾つもの国や地域で悲惨な紛争が続いておりますが、このような状況について マスコミを通して知る限り「自分の利益を最優先」していることが理由のようにも感じられます。

元、社長の反省

（事例）ある社長は、その経験を買われて第２の就職先として、同業の会社にコンサルタントとして入社しました。

前の会社での実績などを関係者に話をしていましたが、周囲の反応はそれほどでもありませんでした。

よく聞いてみると、同業ではありますが、細部では企業規模や環境も異なりそのまま受け入れることの難しさを理解せずに会話したこと。元社長であるとのプライドからくる上から目線で対応したことなどが原因でした。

経験や知っていることを伝えることも大事ですが、相手が求めていることを知り、それに応える努力不足を反省したと言っていました。

売り手の論理・買い手の気持ち

（事例１）高価なソファーの売り場で、買い手が〝マットがズレることもあり、座った時のやすらぎ感（マットの柔らかさ）のようなものもあまり感じないのは何故ですか？〟それに対してセールスの方は〝このソファーは弊社の最高技術を結集して作っています。従って価格的にも高くなっていますが、自信をもってお薦めできる商品です〟との説明でした。

買う人の気持ちに全く応えていません。これでは会話が途切れ客を失います。

（事例2）パソコンに詳しくない年配者が商品を見ていると、店員が〝検索速度の速い方が良いですよ、あると便利な機能ですよ……〟などと、最新のパソコンを紹介してくれ購入しました。後で分かったのですが、自分が使いたい機能とは関係のない余分なものまで買わされていました。

特に、最近の電子化商品の機能は覚えきれないほど充実？　しており、直ぐには理解できないことも度々です。また、人によっては不要な機能もたくさんあります。

購入時に限らず、どのような会話でも、ある程度の予備知識をもって臨まなければ言われるがままとなり、後で大きな損失を招くことにもなります。

人前で話すのが苦手でも……

（事例）人前で話をするのが苦手な彼が、断れない事情で初めて司会をすることになりました。緊張や不安で人前で上がらないためには？　どうしたら多くの人に伝わるか？　など、前向きに捉えて準備して無事に司会を務めました。

聴衆の一人から「私はアナウンサーを志望しています。司会者のように上手に話す秘訣は何ですか」、と質問されました。

苦手と思ったことも、テーマに興味を感じて前向きに捉えて、話したいことだけではなく、聞く人のことを考えた内容を心がけたことが成功の秘訣でした。

ムンテラ

徒然草の一説に「友とするにわろき者、七つあり……～中略～……三つには、病なく身強き人……」と、あります。「健康な人は病を持つ人の気持ち（心の内）を理解できないから、そのような独りよがりな人を友にしてはいけない」と、言っています。

医療界には「ムンテラ」という言葉があるようです。正確には、ムントテラピーのことで、患者と対話しながら精神的な治療を行うことだそうです。

患者に怖がられても、無関心になられても困り、相手の気持ちを大事にしながら会話するそうです。

さりげない会話においても、相手の状況や興味などを考えずに自分の都合を優先するような話には「独りよがりやしつこさ」を感じますね。

電話が苦手

入社して間もない頃は電話が鳴ると……、ドキドキしたものです。

（事例）何度か電話応対をするうちに「電話の内容に完璧に応えよう」ではなく、先ずは「元気な声で挨拶して必要な人に引き継ごう」と考えることにしました。

受け口での気持ちも変わり、元気な応対が電話の相手からも好感が持てると聞かされました。

このように前向きに取り組む姿勢には、必ずいい道が開けてきます。

丁寧語（……ます。……です。など敬意を表した言い方）、尊敬語（目上の人を敬う言い方）、謙譲語（自分がへりくだった言い方）……など、勿論ＴＰＯに応じて大事となりますが、形を重んじて心の無い話し方では相手にいい印象が伝わりません。

初対面

相手が感じる第一印象は、ある法則によりますと、話の内容が7％、声の大きさや話し方（態度など）が38％、そして身だしなみが55％影響するとのことです。

特に、初対面などでは、良く思われたい……と、いった気持ちもあり緊張したり、必要以上に慎重になったりして普段の会話ができなくなります。

そんな心境下でも、ＴＰＯを心得た身だしなみで簡単な挨拶、自己紹介程度の気持ちで会話を始めれば、意外とすんなり進み……、後で近づきになれて良かったと思うものです。

「寒い冬の日にお風呂に入る時の気持ち」に似ています。風呂に入るまでは寒いし、お湯も最初は熱く感じるし〝いやだな……〟と思いますが、お風呂を出た時には殆どの人は満足感を味わいます。

動ぜず、積極的な姿勢で自分を売り込みましょう。

惹きつける演奏

音符を間違えないように弾けただけでは聴く人の心を捉えられません。曲の心（作者の意図）を音に変える気持ちや感じたことを自分なりに表現することで、人を惹きつける演奏になる……と、常々聞かされています。

誰でも一度は口ずさんだことがあると思う「故郷」を、少しテンポよく弾けば子供達の学校唱歌になるし、ゆったりと弾けば大人の郷愁になります。

同じ曲でも伝える人の心の持ち方で変わるものですね。

出身地などが話題

（事例）Aさんはどこの出身ですか？　山口県です。エ〜、そうですか、私は島根県です。長州征討（征伐《せいばつ》）の時に浜田藩（島根県）は長州（山口県）の大村益次郎に陥落させられました。

咄嗟《とっさ》にAさんは次のように言いました。その戦いの時点では、伊予宇和島（愛媛県）に出仕《しゅっし》（仕官）した時の名前で村田蔵六でした。従って、浜田藩を陥落《かんらく》させたのは山口県人ではありません……。（二人で大笑い）……実は、この戦いの直

前に大村益次郎に改名していました……が、そんなことは大した問題ではなく、
機転の利いた話に盛り上がりました。
このように出身地や居住地に関することが話題になることは多くあります。上位者になればなるほど関連した話題の幾つかは話せるようにしておきたいものです。
ある営業責任者は、客層に合わせた話題作りのために、複数の新聞に目を通すことを日課にしているとのことです。
ガス灯発祥の地、アイスクリーム発祥の地、テニス発祥の地、電話交換発祥の地、近代競馬発祥の地……この地は、何処でしょうか？（正解はこの章末）
～今、住んでいる近辺で新発見してみませんか？　話題に花が咲くかもしれません。～

A4サイズに……

向かい合って話すだけが、コミュニケーションではありません。電子メールや手紙なども重要な手段です。

しかし、このような文書は一方的なコミュニケーションであり、その場での補足や質問などを受けることはできません。それだけに誤解を防ぐために最善の配慮が必要となります。

冗長的な部分を排除し、分かりやすく、美しくするなどの工夫が求められます。可能な限り目的や結論をはじめに述べ、全体の文字量を少なくすることが基本です。どうしても

詳細にも触れたいような時には、必要に応じて部分的に見られるように別紙にしておくと、より親切です。

（事例）レポートはＡ４サイズ一枚に纏めて報告することになりました。Ａさんは、内容を要約して一枚にしていましたが、Ｂさんは、文字を小さくして一行に二列書いて一枚にしていました。

どちらが趣旨を理解しているでしょうか？

メールの返信

電子メールが使われるようになって30年になり、今では、重要な会話手段の一つにもなっています。それだけに使用上のマナーなどは心得ておきたいものです。

メールには〝伝えたい、指示を仰ぎたい、調整したい、判断を聞きたい……〟と、いったような内容が多く、覚えのない迷惑情報や参考情報でない限り、何がしかの返信（意見）を要求しており、メールを受けたら速やかに返信を出すのがマナーだと思います。

返信がない場合は、ＯＫなのか、無視されたか、伝わらなかった（エラーなど）か、拒否しているか、不在……などか？　理由が分かりません。また、送信者としては、先方の意見も聞けず寂しい気持ちにもなります。

度重なれば、次第に相手（送信者）から軽視されたり、信頼を失うことにもなります。

最初と最後の話し言葉は決めておく

大勢の前で、発表や提案説明などする時は、誰でも緊張するものです。

（事例） 若い技術者は提案書の内容は勿論ですが、より興味を引くようにイラストの採用や説明のメリハリ個所などを決め、想定問答集を考えるなど……、事前に多くの工夫をしていました。そして「提案の最初には、×××について提案いたします。終了時には、実行内容についてのアドバイスやご指示をお願います」などと、説明のスタートと締めの言葉を大事にするとも言っていました。

準備を整え、最初の一言がうまく言えれば、後は意外につながり、最後の言葉でキチッと纏めることもできるとのことでした。

30秒、1分、3分、5分

自己紹介、プレゼンテーションなどにおいて、事前に「30秒で……、1分で……、5分で……」と、時間が与えられることがあります。それは全体の進行上、それぞれに時間制約の必要性があるからで、与えられた時間は必ず守らなければいけません！

時間を守れなかった場合は、たとえ素晴らしい内容であったとしても著しく印象を悪くします。また、時間制約が無かった時でも、挨拶は3分、5分などと場の雰囲気を察して行いましょう！

みなさんも社会見学や発表会などの後、感想文を原稿用紙1枚でとか、3枚に纏めてください……などと、言われることもあるかと思います。半分にも満たなければ、考えが無いのでは？　逆に何枚も超えれば、纏め方が悪いのでは？　などと見られます。指定された量の８~９割程度で完結させるようにしましょう！　勿論、だらだらと書くのではなく、目的や見聞した感想、目的が満たされたか否か、次回への反省……などと、整理されれば素晴らしいですね！

~練習です。１分で自己紹介をしてみてください。

時間は守れましたか？　言うべきことが話せましたか？　この感覚を覚えておけば相手をイライラさせることもなく、しかも退屈させない話し上手になれます。~

肯定的な言い方

支援を受けた作業の終了時に〝すみませんでした〟〝忙しいところお手数かけてごめんなさい〟などと、自己否定的な言葉は「今回限りで支援を不要とする」ような、印象も同時に相手に与えます。

言い方を変えて、〝〇〇を、ありがとうございます〟、〝△△は、大変助かりました〟などと、気持ちが伝わる「肯定的な言い方」に、すれば次にもつながります。

また、他者に何かをお願いする言い方にも良否があります。
①△△をしていただかなければ、〇〇ができませんのでお願いします。
②〇〇したいので、△△をお願いします。

共に同じお願いですが、前者の否定的な言い方は「命令的や脅迫的な言い方」にも聞こえます。それに対して、後者の肯定的な言い方は「好意に期待する言い方」になり良い印象を与えます。

おかしな枕言葉

宿題や活動報告、研究発表……など、関係者に、結果を報告したり、発表する機会が多いと思いますが、冒頭に〝まだ十分検討できていませんが……〟、時間が無かったので……〟といったような「言い訳めいた枕言葉」を述べる人もいますが、これは相手の聞く気を削ぎ不安を与え、余分な質問や宿題をもらうことになるだけで、プラス要素は何もありません。このような言葉は極力止めましょう！

本当に検討ができていないのであれば、中間報告とか相談と断って、関係者の意見を聞かせてもらうことを明確に伝えましょう。

曖昧《あいまい》表現《ひょうげん》

早起きしました。果物をたくさんいただいた。少し遅れそう。良いスコアーが出た……、このような曖昧表現は周囲の人にどれだけ正確に伝わるでしょうか？　受け止め方（感覚）は百人百様で正確には伝わりません。

その場だけの軽い会話ならば良いですが、より正確に伝える。指示する。理解させる。

などのため、時によっては数字や図なども活用して具体的に話すことが大事です。

（事例）友人とお世話になった方への挨拶に伺うため最寄り駅で待ち合わせをしました。30分ぐらい前になって「少し遅れます」と、メールが入りました。５分か10分程度かな？　この程度ならば、余裕もあり先方への連絡は不要かと思いましたが、遅れた時間は30分にもなっていました。

この場合は、少しではなく「××分ぐらい遅れる」というべきなのではないでしょうか。そうすれば、次を考えた行動もとれます。

曖昧表現は耳触りが良いですが、互いに誤解を生む原因となり、場合によっては最悪の結果を招くことにもなります。使い方（状況）に気をつけましょう！

相手の都合を考えて断る

（事例）人の良い彼は他人から頼まれると断ることができない性格でした。

頼まれごとの一つ一つは小さくても、積み重なれば彼の能力（含む、時間的限界）を超えてしまいます。一生懸命頑張っていましたが、遅れやミスが多発し、信頼感は低下していきました。

断ることは勇気のいることですが、その断り方もチョット工夫すれば、相手がどのような人でも心象をそれほど悪くすることなく断ることができます。

それは「自分の都合ではなく相手のことを考えた」方法です。

〝今忙しいから……〟と冷たく（反射的に）断れば、自分の都合優先です。〝是非、させていただきたいと思いますが……、いつ頃になりそうです。お待ちしていただけますでしょうか？〟と、言えば、双方が納得できる結論に結び付きます。

そのためには、自分の持っている仕事量やゆとりなどを常に把握しておかなければ、即時の判断ができません。

〝後で、日程（納期）を連絡します〟のようなことでは信頼感を下げることにもなり、タイミングを逃すとますます断り難くもなります。

聞き上手

意外かもしれませんが、コミュニケーション能力を高めるには聞き上手になること。とも言われます。すなわち相槌や繰り返し確認、納得の顔をする、うなずく……などを、表情豊かにタイムリーに挟みながら相手の話を促すことだそうです。しかし、この方法は相手を見ながら適宜《てきぎ》変える必要もあります。例えば、家庭などで小さな子供を相手に会話をする時には、多少オーバーな感じでも良さそうですが、大人の会話でオーバーにすると、上から目線に映り返って印象を悪くします。一律ではありません。

相槌《あいづち》や割り込みも、あくまでも相手が話しやすい雰囲気作りのためです。

嫌われる会話

何でもないような会話でも、場を弁《わきま》えない話題、自慢話、相手を卑下するような言い方、感情的な言い方、訳もなく話題を変える、自分の話す量が多すぎる……などは、嫌われます。

相手の表情などを見ながら会話すれば（相手がどのように感じているかなど）気づくと思いますが……。

また、特別な目的を持って、提案したり要望したりするような時には、積極的に反対意見を受け止める位の姿勢が対話力を高めると思います。助言や反対意見に、その都度、釈明や補足など加えて自分を正当化するような会話「戸締め言葉」は嫌われます。相手から見れば「意見不要」とも、映ります。

逆に、無言、無表情では「相手に不安感」を与えます。自分にとって関係がない。その分野の話は分からない……などの時でも、先ずは、興味を持ってみましょう！　そして「教えてください」と、いった気持ちで臨めば、自分にとっても良い時間に変わります。


行く言葉が美しければ……

（事例）　先生や同僚に対して〝お前、あんた、てめえ……、また頼みごとなども××しろと命令調に言う〟……など、ふざけてか？　乱暴な言葉を発する生徒も少なくないそうです。幼稚園から小学低学年の頃は、友達や家族、更にはテレビなどの影響を受けて、良し悪しを判断できずそのまま使っていることもあり、そんな時「それは悪い言葉だと伝え、直るまで注意し、正しい言葉が使えるようになったら、大げさに褒めてあげる」そうです。

また〝言葉はとても大事です。人を傷つけることも、勇気づけることも、その気にさせることもできます〟〝自分が言われて嬉しく思うような言葉を他の人にも言いなさい〟と、塾の先生は子供達に教えていました。

「行く言葉が美しければ、帰る言葉も美しい」と、なるでしょうね。

祖母の指導

（事例）三世代が同居する家族では、いつも小さな争い事が絶えませんでした。孫は、時間があればゲームに夢中になり、両親は仕事の疲れか？　子供達との会話も少なく注意もしていませんでした。

幼い頃に厳しく育てられた祖母は、その状況に不満があり、一方的に両親や孫に直接説教をしたり、時には体罰も与えていたようです。しかし、状況が改善することはありませんでした。

祖母の価値観（生活感）を子供や孫に一方的に押し付けようとしており、むしろ反発で逆効果となることが心配です。

今の時代、どこにもありそうな問題ですが、唯一無二の考えを押し付けるのではなく、気づき材料を提供し「その時々でその環境にふさわしくより良いと思える（ちょうど良い）解」を会話で見つけ出すことが大事です。

より選択肢が広い（多い）話題で解を見つけられるのが「三世代で同居する強み……」ではないでしょうか。

叱るべき時に叱らないと……

ある小説の一節ですが、子供が盗みをしましたが、父親は何も言いませんでした。その子供がまた盗みをしたが、父親は叱りませんでした。このことが繰り返されたため、前科が重なりついには最も重い刑を宣告されました。その時、息子は父親に面会を求め〝やい、貴様のおかげだぞ、畜生！〟と言いました。

（事例）　小学校低学年の子がお店の看板を蹴っていました。傍らにいた祖母らしき人と若い母親は何も注意しませんでした。

その一部始終を見ていたお店の人が〝どうして蹴って傷つけるの、看板さんが、痛いと、言っているよ〟と、優しく諭しましたが、子供は〝別に……〟と、応えただけで謝りませんでした。

母親も何も言わず、祖母らしき人は何か言いたそうでしたが、遠慮が見えました。

子供は、悪いことをして怒られても謝るという基本的なことができない。母親が悪いことを教えない。叱らないなど家庭内の教育や躾《しつけ》をしていない。祖母は気遣ってか、遠慮してか、貴重な人生経験や知恵などを伝える責任を果たしていない。などと、それぞれに問題があり折角の三世代の強みが生かされていません。

今の時代、行きすぎればハラスメントとして受け取られることもありますが「叱ることは期待の裏返し」です。

親の背中

最近のお父さん、お母さんは忙しすぎるのかもしれませんが、家庭内における「絆」や「人格形成」のために「いい背中」を見せていますか。
①多忙や疲労から家族での会話の議長役を放棄していませんか？
子供は感受性が強く一日の出来事をみんなに話し、注目されたいと思っています。どんなに忙しくても聞いてあげる姿勢が子供の心を豊かにします。

（事例）　小さな子供を抱えるある家庭では、夕食時にその日の出来事を一人ずつ話すことにしていました。最近では小さいながらも人の話を聞き、自分の意見を述べることが上手になったような気がします。と、聞きます。
②それぞれが好きなことをして、まとめ役不在のバラバラ感を与えていませんか？
子供達は両親の背中をしっかり見ています。バラバラ感は子供の素直な心を傷つけていきます。

その他にも、褒めることよりも叱ることが多く委縮させている。一人で遊べる道具を与え放置している。親が経験したことやできなかったこと、見栄などが優先し「ああしろ、こうしろ」と押し付けを行っている。世帯主が一番と錯覚し、全てを命令調で解決しようとする。家庭を憂《う》さの吐きどころと勘違いしてあたりちらしている。ややこしい問題を先延ばしすることや結論をうやむやにしている……。

このような言動は家族の心を少しずつ傷つけていきます。また、幼少の頃に感じた心は、先々で書き換えが難しくなるようです。

あるアンケート調査で感じたことですが、各世代とも「家族の会話を大事にしたい」「お互いの気持ちを分かり合いたい」「食事を一緒にしたい」「誕生日など催事を一緒にお祝いしたい」などと、当たり前に思えることが「ありたいこと」として挙げられています。

家庭内で本来あるべきことが、なかなか実行できていない様子の一端が窺えます。

～高学年になられたみなさんが、忙しいご両親の代役をあなたらしく演じられませんか？～

変な看板？

駅前のバスロータリーは、連日、大勢の乗降客が利用しており、多くのベンチも置いてあります。朝夕のお勤めや学生さんの移動時間帯には、バスの本数も多くそれほどベンチの利用客はいませんが、昼間の時間帯には高齢者やお子様連れ、観光客などの層に変わり、ベンチの利用者も多く大変ありがたいと思います。

しかし、そこにはバスを運営する団体が作成した一枚の立て看板が置かれています。

「……立って並んでいる方を優先して乗車してください……」とあります。ベンチを利用する人の多くは、それなりに理由があって座っています。このような人はバスに乗っても座りたい人達です……と、思います。なのに、後から乗りなさいとは……？　なんとも「心を感じさせない」看板ではないでしょうか？

せめて「座って待たれている人と譲り合ってご乗車願います」と、いったような看板にならないのでしょうか？

現実には、乗客は譲り合いながら乗車しています。

助言には、耳を傾けよう

趣味の会には年齢も違う多くの若い男女が集まっていました。指導役の人はメンバーの力量なども考えながら、それぞれに対応した説明などを繰り返し行っていましたが……、反応は様々でした。

言い訳が先に来る人、自説を繰り返す人、マイペースの人、素直に取り組む人、先ず疑問をぶつける人、反応が少ない人、アドバイスする人によって態度を変える人……などと、様々です。

それぞれに、考え方もあるでしょうが、自分では気がつかないこともたくさんあると思います。命令調ではなく親身になった助言には、まず耳を傾け、自分を振り返ることも必要です。その後で自分の考えを述べるなどして双方の会話が弾めば最高の受け止め方になりますね。

本質に迫る

（事例１）　小学生の宿題は「どうして給食の時間が守れないか？　守るためにどうするか？」を考えてくるようにとのことでした。

小学生は、学校への登下校や授業開始、休み時間の終了時間など全てに守れていましたが、給食時間の当番の役割や給食時間、片付けの時間などが予定通りにいかないと言っていました。（それらの時間は傍らで聞いていても短いように思えましたが、意見を挟まずに続けて聞いていると……）時間を守れないのではなくて〝時間が足りないのでは……〟と、いった内容に発展していました。

「現象に留まらず本質にまで迫った素晴らしい会話」を楽しく聞かせてもらった時間でした。

（事例２）あるホテルの自動ドアの前で、幼い兄妹が〝どうして自動で開閉するのか？〟といった話をしていましたが、やがて〝何故、自動ドアが必要か……〟といった、会話に変わっていました。

このような本質に迫った会話をする子供達……、先々が楽しみです。

心の内を感じよう

本当のことや思っていることをストレートに伝えることが、必ずしも良い結果に結びつくとは限りません。例えば、負の部分を指摘して正すよりも、優れた面を助長して伸ばし、間接的に負の影響を小さくすることもあります。

また、人との付き合いの中には「気配りとか配慮、思いやり」といったデリカシーも重要です。

その一方で聞く側からは、相手の「言葉にできない心の内」を、理解することは難しいですが、自分との関係や相手の人柄などを考えて可能な限り良い方に解釈をしましょう。

より信頼できる人には、より厳しい言葉を聞かされることもありますが、それ以上により多く心の内を感じさせるものがあります。

無言の会話

（事例）小さなお魚屋さんは夫婦で忙しく働いており、二人の小学生の子供達とゆっくり会話する時間も取れませんでした。子供達は近くの海に魚釣りに行き、小さな魚を釣って帰ることもありました。

両親は、その小さな魚を下ごしらえして店先の商品ケースに並べました。殆ど売れることはありませんでしたが、子供達の心を大事に扱ってもらった記憶は、大人になっても鮮明に残っているとのことでした。

無言の中にも〝良く釣れたね！　売れるかもね！〟子供達は〝売れると良いな！〟と、いったような会話ができたのでは？　と感じました。

売れ残った時には、夕食の一品として調理してもらったとのことでした。


【発祥の地】

答えは横浜市です。

第6章　良い判断につなげよう

「北風」は、風が吹いてくる方向（北から南へ）を示しますが、黒潮は「北流」とも言い、海水の流れる方向（南から北へ）を示しています。混乱する表現ですが、覚えるしかないですね！

血液型で性格が分かる……と、聞きますが、ある人はA型と言われたり、O型と言われたり正反対のようなことを言われるそうです。何故、このようなことになるのでしょうか？

相手の理解が得られ、自分でも納得できる「良い判断」は、どのようにして行えば良いのでしょうか？

鉛筆の持ち方は？

箸や鉛筆の正しい持ち方などは、各家庭で小さい頃から教えているようですが、いろいろな持ち方をしている子供も多いですね。

ある文具メーカーの調査によると、日常使用している鉛筆の「正しい持ち方」をしている子供は10％程度で、両親の年代でも30％程度との報告があります。

鉛筆の正しい持ち方は、集中力を養い、姿勢をよくして疲れない……などと言われ、能力向上とも関係するような意見もありますが、海外では決まった基準もなくきちんと文字が書ければ良いとするところもあるようです。

特定の場所に限定すれば「正しいこと、間違っていること」も、対象を拡げれば必ずしも同じではないようです。

鉛筆やペンの持ち方に限らず、箸の持ち方、雑巾の絞り方、キーボードの使い方、名前の呼び方、美しさの定義……など、世界に目を向けると、一律ではなくいろいろと考えさせられることがありそうですね。また、時代とともに変化もしているようです。

何が正解か間違いか？

混雑するバスがカーブした時、乗客の一人が窓枠に（見た限りでは軽く）頭をぶつけましたが外傷はありませんでした。しかし、当事者は救急車を呼んでくれ！　と、言い、バスを止めました。運転手や乗客に医学知識を持っている人は誰もいなくて……、結局、そのバスは運行停止となり、他の客は寒い中、代わりのバスを待って振替乗車を余儀なくさせられました。

また、友人のお誕生プレゼントに何を贈りますか？

お花ですか？　ケーキですか？　ワインですか？　本ですか？　それとも……。

（事例）友人の誕生日にお花を届けました……が、チョット困り顔？　も見せました。

親しい間柄なので……どうしたの？　と聞くと実は猫を飼っており、害がありそうな特定の花は避けているとのことでした。

翌日、猫にとって害はどのような花にあるか？　ないか？　お花屋さんに聞いても分かりませんでした。

この二つのことに対して、何が正解でしょう

か？　何が間違いでしょうか？　判断するに必要な状況認識や知識が無ければ判断は難しいですね。

特に、緊急を要するような場合には正解ではなくても次善の策としての判断を行えるように心がけたいですが……、特別な知識や資格を必要とするような時には適切者にお願いするしかないですね。

どちらも間違っていないが……

（事例1）　認識レベルの差
年配の夫婦は、物忘れ対策として、家の中で鍵や携帯電話、メガネ、定期券など置き場所を決めていました。……ある日、
夫……鍵を置いている場所が違うよ。
妻……分かったわ！　後で戻しておくわ。
～暫くして、～
夫……まだ、戻してないじゃないか！　後で探すことになるよ！（やや怒り）
妻……今、手が離せないのよ。（正当性の主張）
どちらも間違ってはいませんが、重要性などの認識レベルの差が変な会話にしています。
（事例2）　感じ方は違う
ビジネスマン……（晴れた空を見て）今日もいい天気ですね。

農家の人………そうですね（生返事）。

（実は、このところ日照り続きで農作物に被害が出そうなので、農家の人は雨を期待している）

いい天気＝快晴＝共通、ではありません。

このように軽い挨拶時に、相手の気持ちまでも気にして行うことは少ないでしょうが、先入観や軽い気持ちで相手を決めつけると間違うこともあります。

相手の反応や出で立ちなどを見て〝雨が少なく農作業は大変でしょうね〟とか、〝空気が乾いており火の元には気をつけたいですね〟などと、臨機応変に一言付け加えれば、さわやかな挨拶になりそうですね。

あなたはどのように考えますか？

少し古いですが、平成17年にＮＨＫから放映された連続ドラマより、
小さな会社を営む経営者は、受注元の大手企業の不正を糺したために、その関連企業からも発注が止まり、会社を閉めざるを得なくなりました。その結果、家族も離散した生活を送るようになりましたが、互いに支えながら過ごしていくうちに、大手企業の不正が公になり、小さな会社は元通りの事業が営めるようになりました。
と、いった内容のドラマについて、多くの人の感想を聞きました。
Ａ経営者は、正義感で対応した経営者の世間知らずを指摘しました。

B管理者は、圧力にめげず信念を貫いた経営者の行動を称賛しました。

C母親は、最悪の状況下でも家族の支えあう家族愛を大事にしたいと言いました。

D学生は、「何が正義か？　ではなく大きな流れ（話題性）に乗じた行動」をした、マスコミや企業を非難しました。

～このような話は現実に多くあります。あなたの意見はどうですか？　周囲の人と議論してみませんか？　意外な考え方なども聞けるかもしれません。～


より良い判断のためには……


専門的な知識や資格を要するようなケースを除き、一般的なことでより良い判断につなげるためには「当該事項に関連した情報を増やすこと」と、「日頃より高めてきた良識」に基づいて「タイミングを外さず英断する」ことだと思います。

いずれが欠けても良い判断にはなり得ません。

情報収集に関しては、今、自分の立っている所を中心にして視野を拡げ動向を知ることは勿論ですが、趣味の世界などにも広げて違った角度から物事が見えるようにすることも大事です。また、分からなかったことなどをそのまま放置せず必ず調べて理解する……などを習慣化すれば、自ずと「意味のある情報」量が増えてきます。

ある医者は「誤診を避けるために多くの文献に触れること、各専門技師の異なった見方からの診断を大事にする」と言っていました。

そのために、業界の会合、セミナーなどに参加して、より多くの「事例や違い」を知ることで、自分自身の価値観を精査し「良識を高める」とのことです。

A型かO型か

血液型で性格判断……、よく耳にしますが、実際はどうでしょうか？

ある人はA型と言われたり、O型と言われていました。その理由は仕事スタイルにありました。例えば、構想や企画といったような仕事の場面では、現状に捉われずありたい姿の追求を前面に出しおり、他者からはO型と言われていました。

しかし、実行段階では、納期や予算、目標、メンバーの力……などを可能な限り把握して失敗するリスクを極力排除しながら進めていました。ここでは典型的なA型人間と言われるなど、場面に応じて思考や行動を意識して変えていました。

また、右脳や左脳の強弱で思考パターンが分かるという説もあるようです。

美術や音楽など、主に視覚や聴覚で直感的に物事を捉えるタイプの人は「右脳が強い」逆に、言葉や数字などを理解して筋道を立てて行動するような人は「左脳が強い」と言われます。

面白いことに、腕組みをしたり、両手を組み合わせた時に、右側が上にくると「左脳の強い人」。その逆は「右脳が強い人」とも聞きます。真実のほどは……？

いずれにしても、血液型や腕組みなどで自分を決めつけて行動するのではなく、置かれた場面に即した「着眼大局着手小局」的な思考や行動が大事です。

プロフェッショナルだから……

（事例）平成21年1月、エンジントラブルを起こしたアメリカの旅客機の機長は、「真っ先に乗客の安全を考え、着陸ではなくハドソン川に着水を行い、全員の安全（脱出）を確認し、最後に飛行機を離れた」とのことです。

機長の経験や培われた技術を基に融通無碍《ゆうずうむげ》（考えに何の障害もない）の最善の策は、職業魂を発揮した真のプロフェッショナルと賞賛されました。

パイロット、経営者、野球、サッカー、ゴルフ……と、どの様な職業においても、プロフェッショナルといわれるような人は共通して周囲に感動を与えてくれます。
①お金を出してでも見たい強みや非凡な才能を持っています。
②結果に対する責任を持ち成功を導けます。
③周囲に感動を与えられます。
④状況や変化を読み、臨機応変な対応ができて勝ち残れます。
⑤存在感があります。
などと、真のプロフェッショナルからは感じますね。

性善説《せいぜんせつ》か性悪説《せいあくせつ》か

高速道路のETCバーが上がらず、怖い経験をしたことがあります。運転者のミスではなかったのですが、一つ間違えば、フロントガラスの破損や後続車の追突などの大惨事につながる可能性も否定できません。

日本のETCの考え方は「加入していない自動車を通さない……」性悪説に立った考え方のようです。そのための設備に多額の費用を掛けており、減速渋滞や接触事故などのリスクも抱えています。

ある国では日本の仕組みを見て「いい仕組みかもしれませんが……、導入費が高くて……」でした。その後、その国でもETCの仕組みを導入しましたが、性善説に立って、ETCバーを設置しませんでした。その代わり、ETC未加入でそこを通過した違反車（人）には、後日、何倍ものペナルティーが科せられるとのことです。

～皆さんならばどちらの方法を採用しますか?～

剛と柔の組み合わせ

回転速度を変えたり、逆転させたりしながら動力を伝達する代表的手段として、歯車があります。

その歯車（伝達する側と受ける側）の両方を同一の強度で製作した時には、両方に同様の摩耗や破損の可能性が生じ、その後の安全点検や定期交換などは、常に両方セットで行わなければなりません。

機能や性能を保証できる範囲内で両方の歯車の素材（強度）に差をつけることで、点検時も片方で済むなど、作業負荷や費用を大幅に削減できます。

原因分析と対策の落とし穴

何故、試合に負けたのか？　失敗したのか？　事故が起きたのか？　……などと、残念ですが……、想定外のことが度々起こります。その都度、状況を調べたり、原因追及したり、対策をします……が、同様なことが再発することも少なくありません。

多くの場合、原因の調査・分析と対策の両方に陥りやすい誤りがあります。

例えば、先ずは、物事を大雑把《おおざっぱ》に捉える誤りです。何かを「みる」にしても、形状を見る、機能を視《み》（観）る、心を診《み》る、と、いった異なる視点があります。また「人」にしても、年齢、性別、知識、経験、得手不得手……などと、同じではなく、且つ時間と共に変化していきます。一括《ひとくく》りにして決めつけることはできません。

次に、因果律《いんがりつ》で証明できないことや、検討に参加する人達の知らない領域の「事」が反映され難いこと、先入観が邪魔をして本質を見失うことなどもあります。

また、原因を明らかにしたうえでの対策時にも起こし易い過ちがあります。

例えば、暫定対応か？　恒久的な対応か？　によっても施策が変わります。また、再発可能性のリスクを下げるための定期点検事項なども忘れがちになります。

このように、常識とも思えるようなところに意外と陥りやすい落とし穴がありますね。

動中《どうちゅう》の工夫《くふう》

橋の上から川を眺めていても魚は獲《と》れない。「動中の工夫」とは、まず行動を起こし、考え・工夫しながら進めていくことを言います。

その効果は、タイミングを逸しないこと。動くことで更なる気づきが出てくること。そしてその気づきをタイムリーに取り込み、より良い方向に速やかに軌道修正できること。などにあります。

動中の工夫の成功の鍵は「当初目的からブレることなく、レベルアップし続ける」ことですが、軌道修正の名の下に当初の目的や目標にも影響するような方向転換とか、僅《わず》かなことで修正を繰り返したりすれば、目的を見失うなど本末転倒な事態にもなり、失敗にもつながります。

この考え方は、個人で新しいことに挑戦するような時には有効な手段となりますが、組織（グループ）で、行う時には、目的の明確化や想定されるリスク、制約事項など大枠を決めておくことが大事です。途中で方向感覚を失わず無謀な行動を止める歯止めになります。

（事例）企業の重要課題とも思える活動に対して、リーダーは〝解決の方向が難しく、走りながら決めていく〟と、言っていました。

しかし、メンバーはどんな目的で、いつまでにどのような結論を出すのか……、共有されておらず、結局、このプロジェクトは中断されました。

原因は、リーダーの課題の重要性に対する認識が浅く、守らなければいけない事項が曖昧でチームを纏めきれなかったことにありました。

動中の工夫といえども、しっかりとした目的や方向感を持って臨まなければ成功しません。

ポジティブとネガティブ

どちらのスタンスで取り組むのが良いか否かは一概に言えそうにありません。

ポジティブな人の前向きな姿勢は良いが、場合によっては、根拠に乏しく全ての人が理解し難いようなこともあります。一方のネガティブ発想者は、ポジティブ発想者に比較して、否定的に見ることで自分を振り返る習性が強く、それにより自身の成長を促す一面もあるようです。

ポジティブであっても「根拠もなく、あるいはリスクを無視してイケイケ」だけでは成功も怪しくなりますし、逆に、リスクを恐れて眺めているだけでは前には進みません。

「賢人は最善を期して最悪を覚悟する」これは両方の視点から検討された結果と思えます……が、まずは、ポジティブに考えてみましょう！

指示の仕方で変わる

（事例）　Ａさんは、若手社員に〝これを３部コピーしてください〟と指示しました。若手社員は指示された内容に関して疑問も抱かずに、３部コピーしてそのままＡさんに渡しました。

別の管理者は〝いつ、お客様への説明に使うので３部コピーしてください〟と言いました。すると、カラーにしますか、袋とじにしますか、穴開けはいくつにしましょうか？　事前に郵送しますか？　……などと、より良いアウトプットにするための質問や問い合わせがありました。

指示する方も、される方も、どちらの仕事スタイルが良いですか、その違いは何でしょうか？

両者の違いは、仕事を手段レベルで行ったか、目的レベルで行ったかの違いであり、その結果は著しく変わってきます。

指示する方もされる方も、手段ではなく目的や背景などについても伝えたり、確認しながら進めることで、より良い成果や自身の成長につながります。

考えさせる

日本でも髭《ひげ》を生やしている人が多くなりましたが、まだ一部の職業に偏って見かける程度かと思います。

（事例）客先で働く社員が髭を生やしていました。

上司は〝客の印象が悪い、髭を剃れ〟と言いました……が、部下は聞き入れませんでした。それを見ていた他の上位者は〝我々の職業で髭を生やしている人は、まだ少数です。それだけに目立ち、髭とは関係のない人柄や仕事ぶりまで「それなりの見方をされる」ことも事実です〟と、言いました。

翌日には髭を剃っていました。

一方的な命令や脅しではなく、考えさせることも大事です。

上手な教え方は、持てる能力（教えたい内容）の8割程度で教え、残る2割は考えさせるように仕向けることだそうです。

割り切ることも必要

①北風と北流
「北風」は風が吹いてくる方向（北から南へ）を示し、海の恵みを南から日本海に運んでくれる黒潮は「北流」と言い、潮が流れていく方向（南から北へ）を示します。

逆な表現で混乱するような言い方ですが、理屈抜きで覚えるしかないですね！
②解明できてない
「神々の遺産・オーパーツの謎」によりますと、オーパーツとは、その時代の文明技術では製造できないと思えるような出土品を言うそうで、黄金のスペースシャトル、水晶

の髑髏《どくろ》、地図や鉄柱、機械……などと、沢山あるようです。

神々の作品？　他に証明できなければ……、信じますかね。

基本的なことが……

（事例）知人で羽振りの良い人がいました。毎日の豪遊、競輪競馬で多額の遊興費を使っていましたが、数年先には公園で路上生活しておりました。

そして、〝働くよりは生活保護を受けたほうが得……〟とも、言っていました。

このような人に対して、いきなりの生活保護でしょうか？　権利や自分の都合だけではなく人としての義務を果たすことが忘れられているように思えます。先ずは、生活指導が必要ではないでしょうか？

「アリとキリギリス」に学ぼう。

ブドウ畑にバラ

お米を作る田んぼには、水を張るために周囲を小さな土手（あぜ道）で囲います。その土手には大豆が植えられていました。子供の頃には、狭い土地を有効に活用しているのかな？　と、思っていましたが、大豆の根が土手を強化したり、根に着く菌が田んぼの稲に栄養素を送る重要な働きをするそうです。

また「ブドウ畑にバラの花が植えてある」こんな光景なども見たことはありませんか？

バラはブドウよりも繊細で、病気や虫の害を受けやすく、バラの状態を見ていれば、ブドウの病気などが防げるそうです。

最近は、ハウスや薬剤などでこのような光景も少なくなったかもしれませんが、素晴らしい生活の知恵ですね。

データの見方

令和4年7月21日は、全国で18万6千人、都道県別には、東京都が3万1千人、大阪が2万2千人、と、大都市での新型コロナ感染者が多くなっていると報道されていました。

だから、大都市への旅行は見合わせる……云々は、決して正しい判断とは言えません。適切な対策をとるためには、様々な切り口からの評価、判断が必要になります。

例えば、一定人口当たりの感染者は？　といった、見方をすれば意外に違った答えが出るし、場所を見れば一部の地域でクラスター発生、ワクチン接種率で見れば……、などと、目的に応じたデータ分析をしなければ、正しい姿は読み取れません。

（事例）ある会社で、英語ができる人を採用するために履歴書を確認しました。

Aさんは、学歴は大卒、英検××点、業務での渡航経験は少ない。

Bさんは、学歴は高卒、英検受けていない、業務での渡航経験無し。

この情報からは、Aさんを採用かな？　とも感じますが、面談して会話すると、Bさんは観光や趣味などで海外経験が多く会話には問題もなく、海外に友人知人も多いことが分かりました。

表面に見えていない情報が結果を左右することも少なくありません。

70点が100点満点

一般的に投資と効果の関係は正比例ではなく、あるところから投資効率が著しく悪くなります。その傾向を軽視した目標設定の過ちは、お金の無駄遣いや機会損失となり、場合によっては一連の行動が駄目になることもあります。

人命に関わるような特殊なケースを除いて、一般的には、全ての問題を同時に100%解決する必要はなく、また、残された小さな問題は実行時に収束《しゅうそく》されることも少なくありません。

従って投資効率が直線的から悪く変わる頃の「70%程度の解決率（効果）が、最適

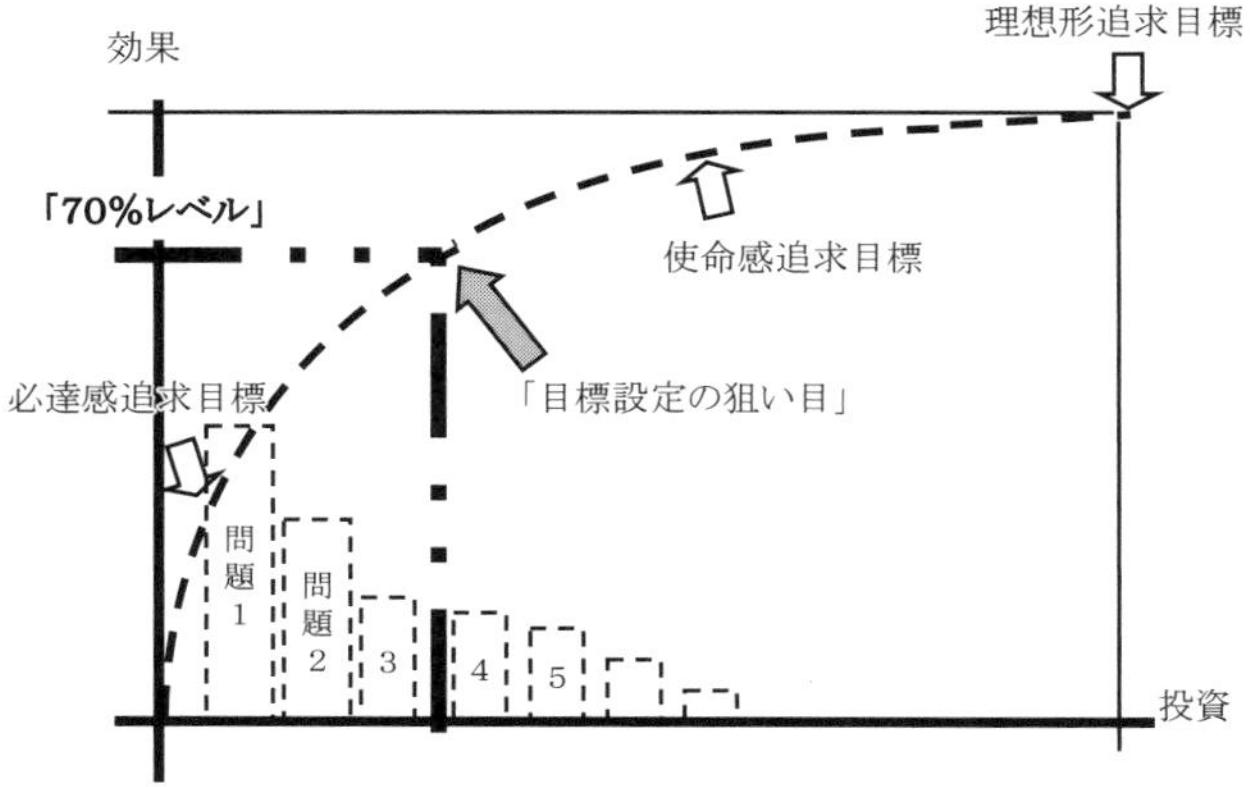

70点が100点満点

の投資ポイントとなり、施策決定の100点満点」とも言えます。（図表参照）
例えば、日々のお掃除なども大みそかの大掃除のようなことを毎回行えば、綺麗にはなるでしょうが、その必要性もなく、そこに使用した時間は他のことに使いたいですよね！

苦渋の（難しい）決断

部活のキャプテンとして、誰かを団体メンバーから外さなければいけない。家族の計画が友達の約束と重なった。教会のミサと仕事が重なった、結婚式の招待が重なった、一つのものを同時に何人かが使いたいと言い出した……などと、判断に苦しむような時が誰にでもあると思います。あちら立てればこちらが立たず……、両立しないことが発生し、場合によっては、他者に我慢していただくことも、判断に至った理由を当事者に説明できないようなこともあります。問題が難しいほど、どのような結論になっても異論も出てきます。

そんな時、一人で抱え込み悩み続ける（または、自分を犠牲にするような）ことは好ましくありません。信頼できる人の力を借り（会話して）心の負担を軽減しましょう。

家族や友人知人、同じ悩みを経験した先輩、先生、更には専門の相談機関など、身近に親身になってくれるあなたの味方が必ずいます。

「三人寄れば文殊の知恵」とも言います。

災いと思っていたことが幸福に変わることも珍しくはありません。

「人間万事塞翁《にんげんばんじさいおう》が馬《うま》」です。

黙《だま》っていては何も生まれない

〝どうせ、言っても分からない。私が言わなくても分かっている……〟と思うこともあるかもしれませんが、どのような不満や問題、要望があるか……などを、伝えるだけでも意味があります。相手は分かっていても今はできない場合もあり、その時点で解決につながらないかもしれませんが、先々に希望が持てることもあります。

また、〝どのように言ったら良いか分からない〟などと思うこともあるでしょうが……、短い一言でも発すれば、気持ちが会話を発展させます。相手の助けを得ながら漠然としていたことも各論になっていきます。また、その一言が相手に気づきを与えることにもなります。

黙っていては何も生まれず、他からの助言も少なく自分の成長をも妨げることにもなります。

確認、質問・提案・要求・注意・叱る

相手の言動をそのままにせず、確かめたり、要求したり、注意や怒りを表すことがあると思います。

気持ちの伝え方には、確認、質問、提案、要求、注意、叱る……などと、レベルがあり

ますが、いずれも相手に対して「なにがしかの再考や変更をお願いする」ことであり、相手を気遣った十分な配慮が必要です。

自分に誤解があるのか？　理解できていないのか？　非があるのか？　かもしれません。先ずは、自分の疑問を確かめるレベルの会話ぐらいから始めることが大事です。分からないことを教えてもらう謙虚さが必要であり「人格を傷つける。鬱憤《うっぷん》を晴らす。感情が前面に出る」ような、言葉は慎まなければいけません。

また、目下の人に対しての指導や注意なども「相手を信頼している。気にしている」といった基本的な姿勢で応対し、いきなり叱るよりも要望、提案などと、より優しいレベルとなる言葉や口調を心がけることです。間違っても過去にあったことなどを重ねて伝えることは、問題をより複雑にするのみで良い結果にはつながりません。

また、伝え方にしても、正面からその場で真正直に伝えること。物の喩《たと》えなどで遠回しに伝える。一旦は、相手の言うことを聴き、否定せずに、間接的な事例や自分の経験などを添えて伝え、考えさせる。などの方法もあります。

逆に意識しすぎて、要望や提案することも、注意することもなく「ゆるいといった気持ちを抱かせる」ようでは、相手に無用な人物。成長できる環境ではない……などと、思わせることにもなります。

君子豹変、小人革面

「くんしはひょうへんし、しょうじんはおもてをあらたむ」と読みます。

君子は時に応じて、豹の毛が生え変わるように鮮やかに変化するが、反して、小人は上の人に従う顔つきだけをする。と、いった意味です。

自分やグループを取り巻く環境は一定ではありません。いつの時点においても自説（考え）は持たなければいけないが、周囲を無視するかのように頑固であったり、自意識過剰であってもいけません。

環境が変われば自説も行動パターンも変わることもあります。

君子大いに豹変すべし……ですが、そこに意志を感じない、節操がない……と、いったような変わり様では、君子と言えません。

第7章　自分から動いてみよう

ありたいと思うことに、積極的に挑戦しても、誰もが超一流になれるとは限りません。しかし、それなりに満足感は得られるし、存在感も示せます。

また、今、その効果が見えなくても、そこまで頑張った努力に無駄はありません。

そのプロセスは、皆さんの人間力を強化し、次のステップへの基盤を「より、しなやかでたくましく」しています。

さ〜、積極的に行動してみませんか。

怠慢《たいまん》の結果は……

あるとても寒い日に、一羽の小鳥が震えていました。それを見ていた牛は可哀そうだと思い暖かい糞《ふん》をかけてあげました。すると小鳥は暖かいが臭くて我慢できなくなりました。更にそのいきさつを見ていたコヨーテは小鳥を糞から救い上げ身体を綺麗にしてあげました。小鳥はお礼を言おうとしたその時、コヨーテは小鳥を食べてしまいました……。これは、アメリカの映画の一コマです。これについてどう思いますか?

牛は親切で暖かくしてあげようとした目的は正しいですが、手段が必ずしも良くなかった。コヨーテは綺麗にする手段は良かったのですが、それは自分が食べたいためで目的が不純でした……。しかし何よりも駄目なことは小鳥が自分の問題を自分で解決しようとせずに、怠慢であったがために自らを滅ぼしたことです。

好きなこと・得意なこと

ドイツ語には、名人や巨匠の意味を持ち、公的な資格試験をパスした人に授けられる称号として「マイスター」があります。

公的な資格……、そこまでいかなくても、それぞれが好きなことや得意技を持つことはいろいろな場面で自信に繋がります。カブトムシの育て方が上手、金魚すくいが得意、花の種類を多く知っている、字を書くことが好き、ゲームが得意、ダンスが得意、絵を描くことが好き、楽器演奏ができる……と、いったように、他人と比較することなく自分が夢中になれたり、自信の持てることを備えることは、先々で役に立つことが多いと思います。

（事例）　Ａさんは趣味で写真（静止画や動画）を撮り編集しホームシアターを楽しんでいました。10年も経過すると地域のサークルなどからも、諸活動のＤＶＤ制作依頼をされるようになり、大変喜ばれています。

このように喜ばれることが、更なるやりがいや技術力の向上を促し、そして友人知人の輪も広がっていきます。

それでも動ける

自ら行動を起こしたくても動けない。その理由は、自分自身の思い込みや必要な知識不足などが、大きな理由として挙げられます。また、周辺には自分の前向きな思考や行動を妨げるバリアーも多く考えられます（図表参照）が、そ

動け（か）ない理由

今、所属しているグループに原因	上位者に原因
出る杭が打たれる風土がある	動機付けがない
評価制度などの不備がある	リスクに挑戦させない
挑戦機会が与えられない	目先のことが最優先になっている
これまでの方法に固執している	任せない、任せるのが不安
前提条件や環境に原因	**本人の問題**
関連先との事情で制約される	進め方が分からない
協力者が見つからない	帰属意識が薄い
文化や慣習などが変えられない	自己中心（自分さえ良ければ良い）的である
	失敗を恐れる

のために何もできないと決めつけるのは早すぎます。

事の重要性をどのように認識し、自らどのように行動するか……、どのような場面でもその姿勢が問われています。自分だけでは行えないような領域でも他者の力を借りたり、前提条件とすれば前に進められます。

上位者になるほど、このような局面に度々遭遇します。

〝大変だから責任者になりたくない〟とか、〝面倒なことはしたくない〟……と、いったような自己中心的（逃避的）な考え方は、この先のチャンスをも失うことになります。

その前に一歩踏み出してみましょう。

動けば「眠っている才能が目を覚ます」かもしれません。

知ったら行動

「知ることは行うことの初めであり、行うことは知ることの完成である」これは、農民の出でありながら士分に引きたてられ、弱冠26歳で藩校（今の県立大学校ぐらいの重み？）の責任者にもなられた備中松山藩（今の岡山県）の山田方谷の言葉です。

頭で理解してもその通りにいかないことが実に多くあります。知っていることを誇りに語るだけでは周囲に浅学《せんがく》の印象を与えますし、「事」が起こってから得々《とくとく》と述べれば野次馬？ 的とも思われます。

動くことで得られることは限りなく大きいと思います。「頭で考え、体で感じ、可能性や周囲の反応なども知り、更なる先へのモチベーションをも高める」ことになります。可能な限り、言動を共にすることを心がけたいものです。

伴って、失敗することもあると思いますが、振り返りなどを通じて思考レベルを上げていく繰り返し（失敗のレベルを上げていくこと）は、自己成長のためにも大事なことです。

何事にも消極的だった人が、動くことから始めて積極的人間に大変身し、活躍、挑戦されている人も少なくありません。

「何か行う度に失敗も重ねていますが、挑戦できることが増えていくことや予期せぬ効果に出会う喜びの方がはるかに大きい」と、異口同音に話します。

自分以上に見せても……

５００年位前の日本国内では、戦乱が続いており各武将は甲冑に様々な工夫をしていました。
甲冑を赤一色にした「赤備え」は、武田軍にはじまり、真田軍そして井伊軍が使用していました。「赤備え＝精鋭部隊＝最強部隊」のイメージを周囲に植えつけていきました
（事例）何事にも前向きで真面目な女性は「誰にも負けてはいけない、最大限の努力でチームに貢献しなければ……」と、いつも考えていました。その自分自身に厳しい姿勢は、周囲には「取り付きにくい存在」にも見え、次第に仲間を失いつつありました。彼女は自分の努力不足と思い込み、頑張れば頑張るほど、負のスパイ

ラルから抜け出せず悩んでいました。

それを見ていた先輩は「貢献するとか、一番で……と、いった、鎧《よろい》を捨てなさい！　仲間と一緒に成果を出す姿勢に変えたらどうですか？」と、言いました。すると、元々持っていた才能と新たな仲間とのコラボレーションが、うまく回り、優秀なリーダーに変わっていきました。

チーム（組織）は成長する生き物として見ることができます。特徴や強み・弱みなどもそれぞれ違い進化もしています。対応も一律ではなく実態を見ながら柔軟に活動し、チームに溶け込むことが大変重要です。

指導を間違えれば、委縮《いしゅく》

（事例）経験豊富で技術力の高い二人のリーダーの教え方に特徴がありました。

Aさんは、相手の知りたいことを中心に教えていました。一方のBさんは、こうあって欲しいという視点から教えていましたが、部下はなかなかついていけず、言われる（教わる）ほど、萎縮するのみでした。

Aさんの進め方では、個人指導としては良いが、共通の目的を持ったグループの一員としての力量を向上させることには物足りなさも感じます。

一方でBさんの指導方法では、育つ前に若者が潰《つぶ》れてしまうことも考えられます。最良の進め方は、何のための育成か、どのようになって欲しいのか……など、教育目的を双方で共有してから、それぞれの希望や不得手に応じた具体的方法論を決めていきたいですね。

キャッチボール

（事例）二人の管理者は「変革の時代に向けてこの職場の将来像」に、ついて提案してください。と言われました。

Ａさんは、調査や熟慮を重ねて期日に提案書を提出しました。

Ｂさんは、想いや方向感などイメージを図示しながら依頼者と何度も会話して進め、提案しました。

結果は、Ｂさんの内容が、上位者の想いと一致していました。キャッチボール（図表参照）の結果です。
（注）ホウレンソー（報連相）は、ビジネス用語で報告、連絡、相談のことを言います。
大根は、第４章の「呼び水」を参照願います。

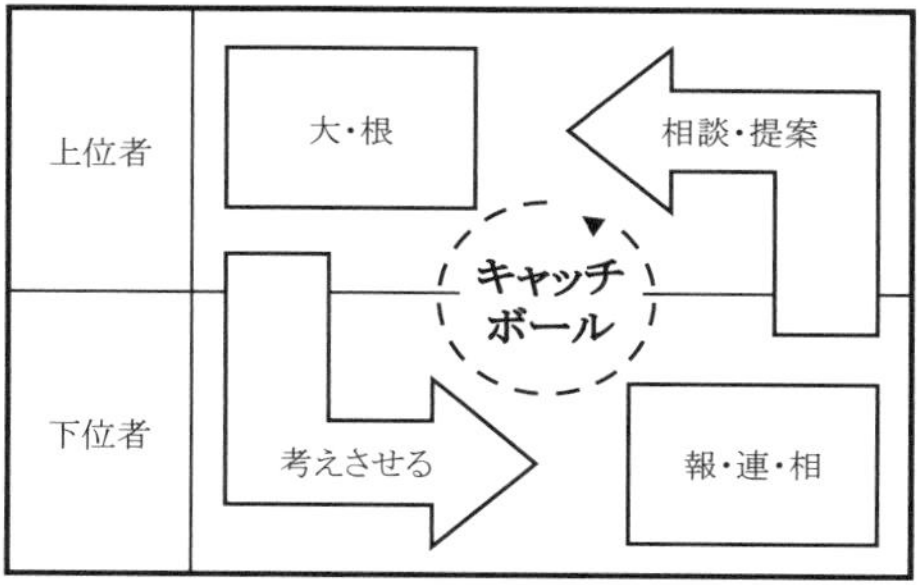

キャッチボール

キャッチボール＝大根＋ホウレンソーです。

すなわち、上位者（依頼者）からの投げかけに対して、受け側からの報告、連絡、相談を通して双方のアイディアを交換し会話します。このプロセスを繰り返しながらお互いの意思疎通を図り、成果物の品質向上と、受け側の要員育成も狙いとする方法が「キャッチボール」です。

どんな職場でも家庭でも共通的に行える意思疎通と成長支援の基本的な動作です。

依頼されたことが、最初から明確になっていることや一回の説明などで、受け側と共通認識できるようなことは稀と考える方が良いでしょう。そんな時、最初の依頼内容だけで完成まで一直線に進めるにはリスクが大きすぎます。

途中で何度か双方の考え方や詳細を擦り合わせ、会話の中で良いアイディアが浮かべば軌道修正なども行い、最終イメージを固めながら納得のいく成果を実現していく進め方が現実的です。

但し、受け側の人は常に「良かれ」と、思って思考しています。そのような時に相談などは出難いものです。依頼者側から先手先手の「大根」を投げかけなければ、理想のキャッチボールにはなりません。

やりがいを感じて

目的に納得し、そのプロセスに参画することで成長を感じ、結果に満足し心が満たされるような時には「やりがい」を感じると思います。また、そのような心境で自ら動けばその成果も飛躍的に大きくなります。

仕事の生産性（インプットとアウトプットの割合）は、指示されて行う時の生産性を「１」とした時、指示に納得して行えば「１・６倍」、自分から提案して行えば「１・６の二乗（２・５６）倍」になるそうですが、実際には10倍にも、それ以上にもなるとも言われています。

勿論、そこには自分の成長もあります。

善《よ》く戦《たたか》うものは人《ひと》に致《いた》して人《ひと》に致《いた》されず

孫氏の兵法より、「人を致す」とは、こちらが主導権を握ることであり、「人に致されず」は、相手に主導権を握られることです。

多くの場面で言えますが、主導権を握れば、自分のペースで進められます。すなわち、広い選択肢の中で対策が考えられ心にも余裕を持てます。

（事例）あるイベントの企画検討会が行われていましたが、それぞれの思いがバラバラに出てきて時間だけが経過する状態でした。

Ａさんは、検討する順序や実行日、内容についても、私案ですが、と、言ってタタキ台を示しました。結果は、ほぼその内容でまとまり、その後のリーダーも任されました。

リーダー不在のこのチームで主導権を握り、リーダー役を自ら果たした結果です。

他に影響を与えなければ、それも苦い経験として活かすこともできるでしょう。

これが仕事や対人関係ともなると大事な信頼関係を壊すことにもなり兼ねません。注意が必要です。

間違った思い込み

思い込みをしてチャンスを逸したり、失敗した経験などはありませんか？

あの人は聞いてくれない。前向きではない。価値観が違う……だから、提案してもダメ……などと、ある部分を決めつけて言動するようなことですが、案外、自分が知らなかったり、対応に拙さがあったり、真意が伝わっていなかったり……、勘違いなどもあります。

例えば、他者に意見を伝えたり、提案をするような時には、その基となる事実や状況認識を明らかにして、その上に立って自分の考えを具体的に伝えるように心がけましょう。

そうすることで、知らないことや無意識の思い込みなどによる誤解を少なくできます。

更に異論などに対しては素直に再考するぐらいの心の余裕も必要です。

～あなたは「間違った思い込み（先入観）」に対して、どのようなチェック機能を持っていますか？　そしてどのような対応をしていますか？～

あなたの行動スタイルは？

あなたの行動スタイルは次のどちらですか？
①今できることは今行う。
②明日でも良いことは明日行う。
もう一つ質問です。

㋐難しそうなことは後回しにして易しいことから着手する。

㋑難しいこと、初めてのことはなるべく早めに前倒しして着手する。

いずれが正解か否かは一概に言えませんが、問題解決の可能性や成功確率を高める視点からだと、①㋑のスタイルが良いと言えます。

その理由は初めてのこと、不慣れのこと、多くの人がかかわるようなことなどには想定外のことが起こりやすく、それらを可能な限り早めに把握して、早めの解決につなげるためです。

また、②㋐の考え方では、他の早めに行いたいこと、容易なことが優先されて、難しいことなどはいつまでも後回しにされてしまいます。その結果、期限ギリギリになって十分な準備（段取りなど）もされず、問題点なども分からないままに、見切り発車することとなり、それらがますます混乱材料となり、調整などを難しくして、解決までの実行期間を長くします。

難しいことでも、早めに着手すれば、余裕も生まれ、成功確率も高くなります。

心の持ち方で……

つまらない仕事だと思ってすれば、雑になり、経験の積み重ねもありませんし、気持ちも荒《すさ》んできます。

逆に、必要性を認識し面白さを見つけて行えば、工夫や付加価値が生まれそのプロセスや結果は将来への蓄積になります。

（事例）友人のAさんは、大使館の書記官として出向命令を受け着任しましたが、出向先での仕事内容は、事務的なことや使い走りが多くつまらないものだと感じていました。

つまらない毎日を過ごすよりは楽しく仕事をしたいと、考え方を前向きに変えて取り組みました。例えば、案内状の送付などを郵送せずに持参し、そこでの短い会話をすることにしました。

その結果、これまでの仕事では会えない人を知り、視野も広がりました。

その後、会社に戻り以前と同様な仕事をしていますが、その時の幅広い人脈や知識の修得、経験が様々な場面で生きているとのことです。

努力に無駄はない

自分の行動を否定したくなるような「行き詰まりの心境」を、経験した人も多いと思います。

しかし、努力に無駄はありません。

今すぐに効果が出なくても、忘れた頃に出る場合もあります。自分で気づかない効果もあります。何よりも、目標を立てて頑張ったプロセスは、長い人生の間で血液や筋肉みたいなものとして、その後の活動基盤を強力なものにしていきます。

今の目標が厳しければ、見直すことやチョット休憩することも良いかと思います。

努力を嫌う人や……「もういいのだ！」と諦めたらその瞬間から退屈な人生になり、明日の天気も気にしない「ゴリラと3歳未満の幼児」と同じレベルになるそうです。

それでもありたいと思うことには近づける

（事例）アフリカでは、普段おとなしいバッタが突如何億匹もの集団となり緑を食べ尽くす「こう害」が起きるとのことです。
昆虫学者のAさんは自費にて現地で数年間バッタの研究に取り組み預貯金も使い果たしたそうです。
しかし、その努力の甲斐あって熱心な活動が徐々に認められ、現地で名誉ある称号を授かり、有名大学の助教授にも採用されました。（平成29年9月9日読売新聞より）
ありたい姿に向けて努力（日々の積み重ね）をすれば、誰でも超一流になれるということではありません（体力や能力差、得手不得手、努力できる環境などの違いにより）が、しかし、それなりに秀でる（存在感を示せる）ことは可能です。

それには「継続して積み重ねる努力が不可欠」ですが、遠い目標に対して一途に頑張り続けることは並大抵なことではありません。中間時点での計画の見直しや途中踊り場での休憩を設けることなども必要です。

丸くなったね

（事例）中学同窓生の還暦の集いが企画され、Aさんは40年ぶりに出身地に帰り、挨拶をすることになりました。

多くの人から「人間が丸くなったね」と言われ、内心とても嬉しく感じました。

みんなが知っている当時の悪がき大将が、都会に出て様々な刺激や支援を受け、挑戦し失敗を重ねた……結果だと思う一方、様々な努力が集大成してくるには大変な時間を要することもしみじみと実感したそうです。

要領がよい？　わるい？

「要領がよい」とは、計画性がある。物事を無駄なくテキパキと進められる……と、いったように良い意味で解釈されることも、ズルイ。その場凌ぎ……などと、悪いイメージを与える場合もあります。

（事例）ある人は、努力することを嫌い何事も必要最小限のことをしており、何とか目的も果たし、周囲からの評価もまずまずでしたが、そのことを通じて自分自身を鍛え将来に備えるような努力や姿勢は見られませんでした。徐々に難しい作業に関わるようになりましたが、それを熟《こな》す知力も無く、やがて周囲から見放されるようになりました。

逆に、要領は悪くとも、物事に対して愚直《ぐちょく》に取り組んでいたBさんは、徐々に実力をつけて周囲から重要視されるようになりました。

どちらのケースに対して真に「要領がよい」と言えるのでしょうか？

理想のゴールに向けて

中高生の悩みの中では、将来に向けた進学・進路、勉強に関することが大半を占めているようです。

その背景には、若さゆえの知らないことや分からないことの多さ、自分の能力レベルや適性にあった職業が見つからない、そして性別や人種、文化、宗教などでの違いを乗り越えて自分のやりたいことをどのように実現していくか……不安などと、前向きに考える真摯な姿がそうさせるのではないかと思います。

「自分の能力を活かす」「やりたいことをやる」などと、早い時点で人生のゴールに向けてまっしぐらに走ることも一つの生き方だと思います。

しかし、自分の知らない世界がたくさんあることも事実です。今、日本においても職業は1万7千種類もあると言われ、時代と共に変化もしています。

当初は「とりあえずやってみたいと思える業界・業種ぐらいの広い分野」の中で始め、業界知識などを蓄え、様々な経験を重ねながら、良い人生（職業など）を見つけていく方法もあるかと思います。その過程においては、それぞれの世界の面白さや厳しさ、異文化、多様な人など多くのことを知る機会に度々出会い、それぞれは無駄でも遠回りでもなく理想のゴールに向けての大事な基盤作りと言えると思います。

どのような道（過程）であっても、共通して言えることは、その時々の志の下でふさわしいことを学ぶ姿勢と、助け合える友人知人を大事にする心を忘れてはいけません。

葛飾北斎《かつしかほくさい》

天才絵師、葛飾北斎には、尽きぬ向上心があったと言われています。

75歳の時に出版した「富嶽《ふがく》百景」で、70歳以前に描いた絵は実に取るに足りないものだった。と、記しています。73歳で動物や草木の姿がいくらか分かるようになった。90歳になれば奥義《おうぎ》を会得し、100歳を超えた頃からは、作品一つひとつが生きているようになるだろう……と、75歳からまだまだ自分の絵は進歩する。これからが本番だ！　と、宣言しているそうです。

90歳まで生きられましたが「後、5年あれば真の絵師になったものを……」と言い残されたそうです。

生涯現役

先日、何年か振りに親しい先輩から便りが届きました。

〜八十歳になりました。まだやり残していることが15項目ある。マラソン走破距離が、地球一周迄、残り1万6千キロなど、……（中略）……、先日のテレビ講座の刺激を受けて、スペイン語で好きな散策日誌を書くことにしました。今は、辞書に付き合う毎日です〜

その友人は、若い頃から、仕事も遊びも、家族のことも……、前向きに捉えて「先ず動く」ことを習慣化していました。

この半世紀、日本では１００歳（百寿）以上の方も増え続けており9万人を超えました。逆に日本の総人口は、２００８年の1億２８００万人を上限に減少傾向となり、２０６０年には８７００万人迄減少するとの予測もあります。

そんな中で活動の舞台は、日本から世界へそして宇宙へと広がっており、そこで「生涯現役」であるためには、心身共に健康づくりを基本にして遥か先の夢に向けての地道な努力、習慣化など……、今から心がけることもありそうですね。

感覚年齢

人は年を重ねたり、責任ある立場などになると、とかく前向きな姿勢は影をひそめ、代わりに必要以上の慎重さや諦め、リスクを避ける傾向などが出てくるようになると、言われますが、１００歳を超えて現役で仕事をしている人もいます。

自分自身で思考や行動を狭めることなく、より活動的な時の感性を維持し磨きをかけるための方法として「感覚年齢」を、設けたらどうでしょうか。

誰にでも経験のある「何ごとも新鮮な目で見られ、感じられ、前向きで行動的であった時」があった（ある）と思います。「その時の暦年齢を感覚年齢」と、言います。暦年齢は毎年増えますが、感覚年齢は本人の意識次第で再設定もでき、定期的に増えることはありません。いつまでも同じ状態を維持できます。

サムエル・ウルマンの「青春の詩」に「青春とは人生のある期間ではなく心の様相です」と、あります。

～あなたは感覚年齢を何歳に設定しますか？　その感性を維持し続けましょう。～

成功体験と失敗体験の活かし方

「私は失敗したことが無い。一万通りのうまくいかない方法を見つけた……」発明王、トーマス・エジソンの名言です。

成功体験も失敗体験も次の機会にどのように活用するかで、プラスにもマイナスにもなります。

失敗体験の活かし方は、失敗した原因を明らかにし次の計画ではそのようなリスクが潜んでいないか？　事前に十分検証することです。結果の対策に対しても同様なことが言えます。

　原因は取り除けるか？　新たな問題発生の可能性はないか？　などと検証すること
です。

一方、成功要因として方策もありますが、実行した時の天候や関係者の関わり方、実行者の実力、受け入れ環境など様々な要素が全て関係した総合的なものであり、そのすべてを対比してみることで成功体験を活かすことになります。

そのような環境条件を考えずに、方策のみをマネしても次も成功するとは限りません。

むしろ、新たな失敗要因を招くことにもなります。


様子見……


（事例）授業参観日で子供の姿を見ていると、先生の質問に対して殆ど手を挙げることはありませんでした。

後で、理由を聞くと、自分の考えが正しいかどうか分からないし、間違っていたら嫌だから……と、言っていました。

他人の目がとても気になる様子でした。

質問に対して、答えが一つしかないケースもあり、たとえ、間違ったとしても、それを早く知ることは後々にプラスとなります。「聞くは一時の恥、聞かぬは末代の恥」とも言います。

また、考え方などは十人十色の答えがあります。あなたの考えが少数意見であっても正解です。

他人の目よりも、自分の心に自信を持ちましょう。

間違えても止まらず続ける

（事例）ピアノの先生に、演奏中に間違えることは無いですか？　と、聞くと……、間違えることはありますが、止まらず続けて演じ続けることが大事と言っていました。

間違えた時に、その場で演奏を中断したり、やり直したりすると「流れが寸断」されて、曲が曲でなくなります。……との、ことでした。

初心者にはなかなか難しそうですが、間違いに慣れることも大事だと言っていました。

間違えないように練習することが更に大事です……との、こと。

近未来……何がどう変わるのかな？

変化に鈍感であれば、自分の居場所を失うことになる……。第2章で説明しましたが、近未来で身の回りの変化を考えてみると面白そうです。自分の向かう方向も見えてくるかもしれませんね！
①今もこの先も、ＩＴ（情報化）技術は限りなく進化するでしょう。ＡＩ（人工知能）やＳＮＳ（ネット上での交流の場）などと、どのように共存するのでしょうか？

メリットもデメリットも多いようですが？
②世界での交流が増え、グローバル（国を超えて活動）化がますます進展するでしょう。宗教や文化、経済力などの違いにどのように向き合うのでしょうか？
③地球温暖化など自然環境の変化が大きな問題になっています。日本の美しい四季も過去のものになるのでしょうか？
美しい四季を守るために何ができるでしょうか？
④２０４０年頃には高齢者がピークになり、現役世代の人は減少し「８がけ社会（今の８割程度）」になると、予想されています。社会保障制度や若い人達の負担増などいろいろと影響が考えられます。
関係官庁などへどのような声を伝えていきますか？
⑤その他にも、日本の人口減少と世界人口の増加、お金の電子化、食糧事情、健康寿命、結婚や少子化、ジェンダー問題……など、多くのことが大きく変わりそうです。
これから大きく羽ばたくみなさんにとっていずれも見過ごせないテーマだと思います。
～どんなテーマでも良いですが、10年後どうなっているか？　そして皆さんがどのように関わるか？　今から意識したり、議論しても早すぎはしないですね。～

一隅《いちぐう》を照らす

正確には「一隅を照らす、これ即《すなわ》ち国宝なり」と言い、天台宗の開祖で今から１２００

年前の最澄の言葉です。「一人ひとりが自分のいる場所で、自らが光となり周りを照らしていくことこそ、私達の本来の役目であり、それが積み重なることで世の中がつくられる」という意味です。また、一隅とは、片隅《かたすみ》という意味で「片隅の誰も注目しないような物事にも、きちんと取り組む人こそ尊い人だ」という意味でもあります。
誰もが注目するような表舞台で派手に活躍する人だけが優れているわけではありません。一人ひとりが自分のいる場所で役割を果たすことの大事さを伝えています。

今の自分、今の役割を大事にしながら、明日に向けてのステップアップを意識し努力することを怠らないようにしましょう。

おわりに

古代インドでは人生の理想的な過ごし方として「四住期《しじゅうき》」という考え方があります。人生を100年として四つに区切り「師に仕えて学ぶ時期」「家庭を守る時期」「自分自身が修行する時期」そして最後が「自分の持っている知恵などを周囲に伝える時期」と、言われています。

今と時代背景も大きく異なるとは思いますが「生涯を通して学びと支え合うことの大事さ」を感じさせるその心は、いつの時代にも人生の共通の糧《かて》と言えるのではないでしょうか。

人は誰でも家庭や学校そして地域の人達との関わりの中で多くのことを学び、社会人、企業人としての素養を高め、そして専門知識を深めながら夫々《それぞれ》の道のプロフェッショナルを目指しています。

しかし、その道は、誰にでも共通の道ではなく、また与えられるものでもありません。切り開く人生か、流される人生か、快楽の人生か?「道標《みちしるべ》の無い人生」を、どう生きるかは、自分自身で決めることであり、その長いプロセス（過程）は常に順風満帆なことばかりでもありません。

みなさんには、まだまだ先の長いことに思えるかもしれませんが、多くの人に支えられながら今の一挙手一投足が「しなやかでたくましい心」を、この瞬間も築いていています。

みなさんの周囲におられる方々への感謝の気持ちも忘れないでくださいね。


この書籍化のキッカケは、三世代六人が久しぶりに集まって食事をしていた時に、夏休みの宿題が話題になり、計画的に進める考え方や終盤に纏めて行う考え方の違い、それぞれの面白さや大切さ……など、年の近い姉妹でも大きな考え方の違いを知ったことであり、私のこれまでの「長い間の気づきメモ」が、いいコラボレーションするのではないか？異なる世代の思考が新たな気づきになるのではないか？　などと、考えたことに始まります。

早速、これまでの気づきメモを整理し、読んでもらい意見を聞くことにしたところ……、時代背景が違う。難しい。表などがあると分かりやすい。イラストなども良いかも。比較する事例などがあると考えやすい。記憶が中心の授業は面白くない。子供の意思を尊重したい。子供の頃の失敗はさせたい。それぞれで考え方は違っても良いのではないか？　X（旧ツイッター）や電子図書を媒体とするのも広く意見が聞けるのではないか？　……などと、前向きな意見、厳しい意見？　など沢山の感想をもらいました。

約、半世紀のギャップを感じさせられたり、多くの気づきにつながったりしたことが、私への何よりも大きなプレゼントであったと思います。

それから1年間、様々な方々とも会話させていただき、多くのアドバイスや支援などども頂きました。

お世話になりましたみなさん、そして書籍化に際して背中を押していただきました文芸社の方々に心よりお礼申し上げます。

参考文献

「プレジデント」 プレジデント社
「Ｆｏｒｂｅｓ」 ぎょうせい
「ＰＨＰ」 ＰＨＰ研究所
『仕事ができる人できない人』 堀場雅夫
『いい言葉は、いい人生をつくる』 斎藤茂太
『組織の盛衰』 堺屋太一
『正しいコンピテンシーの使い方』 ＰＨＰ研究所
『これからのＩＴマネジメント戦略』 ＮＴＴ出版
『グロービスＭＢＡクリティカルシンキング』 ダイヤモンド社
『インセンティブ』 日経ＢＰ社
『７つの習慣』 キングベアー出版
『イノベーションを興す』 日本経済新聞出版
『マネジメント』 ダイヤモンド社

『99％の人がしていないたった1％の仕事のコツ』　河野英太郎・ディスカヴァー・トゥエンティワン
『神々の遺産・オーパーツの謎』　学習研究社
『超仮説の謎』　学習研究社
『水と森の聖地、伊勢神宮』　稲田美織・ランダムハウスジャパン
『孫子の兵法』　日本経済新聞
「日刊工業新聞」、「日経産業新聞」、「読売新聞」、「朝日新聞」記事など

その他多数を参考にさせていただきました。

著者プロフィール

アイ・ソーハツ（あい　そーはつ）
大手自動車会社や外資系IT会社などで主として、ITシステム開発プロジェクト管理、コンピューターセンター開設業務、営業及び経営業務に従事しました。
その後、起業して、IT関連コンサルティングや人財育成業務を行いました。

本文イラスト：水明

子供の頃から身につけたい実行力
～日常生活の気づきで築く～

2024年７月15日　初版第１刷発行

著　者　アイ・ソーハツ
発行者　瓜谷 綱延
発行所　株式会社文芸社
〒160-0022　東京都新宿区新宿1－10－1
電話　03-5369-3060（代表）
03-5369-2299（販売）

印刷所　株式会社暁印刷

ISBN978-4-286-25515-6